博雅文叢

唐詩縱橫談

周勛初 著

出版說明

「博雅教育」，英文稱為 General Education，又譯作「通識教育」。

甚麼是「通識教育」呢？依「維基百科」的「通識教育」條目所說：「其一是通才教育；其二是指全人格教育。通識教育作為近代開始普及的一門學科，其概念可上溯至先秦時代的六藝教育思想，在西方則可追溯到古希臘時期的博雅教育意念。」歐美國家的大學早就開設此門學科。

在兩岸三地，「通識教育」則是一門較新的學科，涉及的又是跨學科的知識。概而言之，乃是有關人文、社科，甚至理工科、新媒體、人工智能等未來科學的多方面的古今中外的舊常識、新知識的普及化介紹，等等。因而，學界歷來對其「定義」抱有各種歧見。依台灣學者江宜樺教授在「通識教育系列座談（一）會議記錄」（二零零三年二月）所指陳，暫時可歸納為以下幾種：

一、通識就是如（美國）哥倫比亞大學、哈佛大學所認定的 Liberal Arts。

二、如芝加哥大學認為：通識應該全部讀經典。

三、要求學生不只接觸 Liberal Arts，也要人文社會科學學生接觸一些理工、自然科學學科；理工、自然科學學生接觸一些人文社會學，這是目前最普遍的作法。

四、認為通識教育是全人教育、終身學習。

五、傾向生活性、實用性、娛樂性課程。好比寶石鑑定、插花、茶道。

六、以講座方式進行通識課程。（從略）

近十年來，香港的大專院校開設「通識教育」學科，列為大學教育體系中必要的一環，因應於此，香港的高中教育課程已納入「通識教育」。自二零一二年開始的第一屆香港中學文憑考試，通識教育科被列入四大必修科目之一，考生入讀大學必須至少考取最低門檻的「第二級」的成績。在可預見的將來，在高中教育課程中，通識教育的份量將會越來越重。

在互聯網技術蓬勃發展的大數據時代，搜索功能的巨大擴展使得手機、網絡閱讀、搜索成為最常使用的獲取知識的手段，但網上資訊氾濫，良莠不分，所提供的內容知識未經嚴格編審，有許多望文生義、張冠李戴及不嚴謹的錯誤資料，謬種流傳，誤人子弟，造成一種偽知識的「快餐式」文化。這種情況令人擔心。面對着人工智能技術的迅猛發展所導致的對傳統優秀文化內容傳教之退化，如何能繼續將中國文化的人文精神薪火傳承？培育讀書習慣不啻是最好的一種文化訓練。

有感於此，我們認為應該及時為香港教育的這一未來發展趨勢做一套有益於中、大學生的「通識教育」叢書，針對學生或自學者知識過於狹窄、為應試而學習的不良傾向去編選一套「博雅文叢」。錢穆先生曾主張：要讀經典。他在一次演講中還指出：「此時的讀書，是各人自願的，不必硬求記得，也不為應考試，亦不是為着做學問專家或是寫博士論文，這是極輕鬆自由的，正如孔子所言：『默而識之』便得。」我們希望這套叢書能藉此向香港的莘莘學子們提倡深度閱讀，擴大文史知識，博學強聞，以春風化雨、潤物無聲的形式為求學青年培育人文知識的養份。

本編委會從上述六個有關通識教育的範疇中，以第一條作為選擇的方向，以第二條的芝加哥大學認定的「通識應該全部讀經典」作為本文叢的推廣形式，換言之，就是為初中、高中及大專院校的學生而選取的，讀者層面也兼顧自學青年及想繼續進修的社會人士，向他們推薦人文學科的經典之作，以便高中生未雨綢繆，入讀大學後可順利與通識教育科目接軌。

這套文叢將邀請在香港教學第一線的老師、相關專家及學者，組成編輯委員會，分類包括中外古今的文學、藝術等人文學科，而且邀請了一批受過學術訓練的中、大學老師為每本書撰寫「導讀」及做一些補註。雖作為學生的課餘閱讀之作，但期冀能以此薰陶、培育、提高學生的人文素養，全面發展，同時，也可作為成年人終身學習、補充新舊知識的有益讀物。

本叢書多是一代大家的經典著作，在還屬於手抄的著述年代裏，每個字都是經過作者精琢細磨之後所揀選的。為尊重作者寫作習慣和遣詞風格、尊重語言文字自身發展流變的規律，給讀者們提供一種可靠的版本，本叢書對於已經經典化的作品不進行現代漢語的規範化處理，提請讀者特別注意。

「博雅文叢」編輯委員會

二零一九年四月修訂

目錄

下篇　唐詩發展歷程

導讀

傳統學術的守望

周勛初先生，現為南京大學人文社會科學榮譽資深教授，已屆耄耋之年，仍然擔任多項要職，包括江蘇省文史研究館館長、全國高等院校古籍整理研究工作委員會副主任、國家古籍整理出版規劃小組成員、中國唐代文學學會顧問、中國古代文學理論學會顧問及中國《文選》學會顧問等。他著作等身，至今共發表論文近二百篇，編著專書共二十二種，包括《高適年譜》、《中國文學批評小史》、《韓非子札記》、《李白研究》、《冊府元龜校訂本》（主編）及《全唐五代詩》（第一主編）等。二零零零年，更出版了七卷的《周勛初文集》，包含了共十六種著作。

周先生博古通今，研究範圍上至先秦，下及近代，而且橫跨多個領域，包括目錄學、諸子學、文學批評及學術史等。他在多個研究領域，均留下了其他學者無法繞過的學術著作，可謂成就斐然，這主要得益於他嚴謹的治學態度及方法。周先生進行任何領域的研究，都堅持運用以文獻學為基礎的綜合研究方法，他曾指出：「不論從千帆（程千帆）先生提出的文獻學與文藝學而言，還是從我後來提出的文獻學與綜合研究而言，都可以說明我們都很重視培育文獻學方面的基礎，而這正是繼承了清儒樸學的優秀傳統。」（《經驗談》三二五頁）所謂以文獻學為基礎的綜合研究方法，「其主旨在於會通。會通的含義，不僅包含文史哲結合，文學與藝術結合，也包括古今結合中外結合。會通的基礎是文獻，這就意味着不僅僅依賴於後人的有關哲學史或藝術史的研究著作，而是直接閱讀原典，以原典為根本依據提出問題、解決問題。」[1] 而這方法，正是對中國文化文史不分的傳統的繼承及尊重。「博雅文叢」是次推出的《唐詩縱橫談》，是周先生唐詩研究的論文結集，當中所收論文均是唐詩研究中的重要著作，很能反映周先生的治學特色。周先生雖然着重文獻考據，但行文尚潔，論述又往往能抓緊重點，一針見血，故此書篇幅短小，言簡意賅，尤其適合年青讀者，以及初入學林的研究生。

此書分成上下兩篇，上篇是「唐詩文獻綜述」，是此書的「橫」部，充份反映了周勛初先生對於文獻的重視，他把唐詩研究中必然運用到的材料分成十三類。分析各種材料的產生、流傳及性質。並且爬羅剔抉，講述各種材料的具體應用方法，及其中的優劣。如周先生在「史學」一類中說明了正史往往有不同程度的隱諱及訛誤，在研究時應當注意選取，並提倡結合其他類型的文獻，以補充正史的不足。而稗官野史、街頭巷談正能擔當上述功能，故周先生另立「小說」一類，說明此類材料的重要性。他羅列了唐代不同的小說作品，並按所述事跡，分成初、盛、中、晚唐四期，方便學者查閱。此外，又簡述了《太平廣記》、《南部新書》、《唐語林》等類書的體例，及其中對唐代小說的保存情況，並標明書中與唐代研究相關的章節，方便研究者按圖索驥，根據自己的研究，搜尋相關材料。在應用方面，周先生列舉了小說的五大文獻價值，分別是「可見時代風氣」、「可測政治風波」、「可考詩人年代」、「可辨名字正誤」及「可徵詩篇遺佚」，從而說明其中正史所不能取締的地方。此外，周先生以不同事例，或是自己的研究作為示範，說明具體的操作方法，為有意從事唐詩研究者，指引了一條具體的入門路徑。

周勛初先生強調自己的研究方法是繼承自「清儒樸學」，但他目光敏銳，視野宏大，秉持現代學術精神，強調「問題意識」，往往立足於文獻之上，進而作出宏觀的觀察，故他的研究不為空言，亦不會流於繁瑣的考證，其觀點總能突破藩籬，解決具體的學術問題。下篇「唐詩發展歷程」，是此書的「縱」部，就正正是其方法論的具體演繹。可以分成四個部份加以說明。

首先是〈李白奇特的文化背景〉及〈杜甫身後的求全之毀和不虞之譽〉，兩文皆從文化的角度討論盛唐兩大高峰李白及杜甫的相關問題。李白一文，可以說是周先生李白研究的總結。他曾經寫過十篇論文討論李白的獨特之處，並結集成《詩仙李白之謎》一書，此文正是由該書的論點提煉而成，從李白的身世背景，結合其作品及行事作風，說明李白深受突厥、南蠻與羌族等界外文化的影響，令他在政治取態及看待邊疆戰爭等問題上，與同期文人截然不同。加上受外族文化影響，李白從小「學六甲」、「觀百家」，不重儒家倫理，從而形成了其特立獨行的個性，故他的作品「呈現出後世難以再見的自由、奔放與活躍」。周先生從文化的角度，解釋李白作品別樹一格的成因，走出了前人對李白詩風的形成眾說紛紜，流於臆斷的困局，為李白研究提供了新的方向。而杜甫一文則為杜甫干謁一事翻案，後人往往批評杜甫曾干謁名聲不佳的鮮于仲通及哥舒翰等高官，本文首先從文化及制度方面說明唐代干謁之事極為普遍，另一方面，周先生從文獻出發，把握原典，嘗試回到當時的歷史現場，指出杜甫曾干謁的對象在當時多有政績，而且聲名甚佳，只是有些對象後來晚節不保，故杜甫干謁一事實無可指責之處，只是後人吹毛求疵的「求全之毀」。

另外，〈元和文壇的新風貌〉及〈韓愈的《永貞行》以及他同劉禹錫的交誼始末〉皆是對中唐文壇的整體觀照。〈元和文壇的新風貌〉一文，以李肇「元和之風尚怪」一段話作為討論的開端，從交遊、政治形勢及具體作品出發，說明「怪」的含意，及這種風格成因。最後嘗試解釋李肇「元和之風」的概括，何以沒有提及劉禹錫及柳宗元兩位大家？周先生認為劉、柳二人的創作，並無刻意求新，其作品只是盛唐詩風的延續，因而指出元和詩壇同時存在「復」與「變」兩種不同的創作傾向。韓愈一文則從《永貞行》一詩的討論為開端，旨在說明韓愈與劉禹錫的不同政治取態，指出兩人亦敵亦友的複雜關係，從而解釋了兩人關係日漸疏遠的原由。

至於〈「芳林十哲」考〉及〈「唐十二家詩」版本源流考〉二篇均為考證文章，前者考證「芳林十哲」一詞的由來及其含意，並以此觀照晚唐科舉制度的崩壞。而後者則考察了「唐十二家詩」在明代的流傳，並比對了各個版本，說明其中的差異，一則為後來的研究者奠下了文獻基礎，另外亦說明了唐詩在明代傳播的盛況。

最後一篇為〈從「唐人七律第一」之爭看文學觀念的演變〉，此文從「唐人七律第一」的問題切入，進而考察宋、元、明、清四代對李白及杜甫高下的相關討論，勾勒出四個時代文學觀念演變的軌跡。

總括而言，周勛初先生往往能從具體的問題出發，全面把握相關文獻，再進而把問題放於更宏觀的文學史下加以討論，故往往能夠解決一些文學史上懸而未決的問題。現時許多年青學者受到西方文藝理論的誘惑，往往對相關理論生吞活剝，強行套在古典文學身上，為了令西方的帽子顯得稱身，則把研究對象與理論相違背的地方截去，最後得出的結論固然新穎，但忽視了中國文學的具體語境，論文往往顯得不倫不類，研究對象被截去手腳，更是面目全非。而周先生此書正是治病良藥，他的研究提示我們唯有從文獻出發，腳踏實地，方能在汗牛充棟的唐詩研究中有所突破。

筆者的受業恩師張宏生教授畢業於南京大學，曾受周先生親炙，亦繼承了先生強調文獻基礎的優良學風。在張老師的指導下，筆者自研究生階段就須研習周先生的著作，此書亦是筆者學術路上的啟蒙讀物。作為後輩，有機會為周先生的大作撰寫導讀，深感榮幸，雖然因學識所限，筆者恐怕未能完全領略此書精髓，但亦希望在此拋磚引玉，分享自己的淺見，向各位讀者推薦這本深入淺出，雅俗共賞的書籍。

何梓慶

註釋：

[1] 張伯偉：《鍾嶸詩品研究：古代文學理論的方法問題——由鍾嶸詩品研究談起》，（南京：南京大學出版社，一九九九年六月），頁四三一。

何梓慶，浸會大學中文系哲學博士，煩惱詩社成員，黃棣珊中學籃球隊教練。現任城市大學專上學院講師，研究古典文學，創作新詩。

上篇　唐詩文獻綜述

唐代詩歌的成就極為卓越，歷代有關唐詩的研究成果也極為豐富。介紹有關唐詩的文獻，有助於讀者的學習，有助於研究工作的開展。

唐詩之所以能夠流傳後世，從早期的情況來說，依仗下面三項有利條件：（一）唐五代時積累了許多有關當代詩歌的基本材料；（二）在宋初帝王的倡導下，注意搜集和保存唐代文獻，從而推動了唐詩的整理和編纂的工作；（三）印刷術的發明，使各項成果能以更有效的方式保存與傳播。

文集

首先可從宋初帝王的熱心保存文獻說起。

唐代自安史之亂以後，藩鎮割據，軍閥混戰，中央政權在不斷遭到削弱之後，終告覆滅。宋太祖趙匡胤建國之後，接受前代教訓，採取偃武修文的國策，其後幾代帝王都很熱心文化事業，並做出了成績。

宋敏求《春明退朝錄》卷下曰：「太宗詔諸儒編故事一千卷，曰《太平總類》；文章一千卷，曰《文苑英華》；小說五百卷，曰《太平廣記》；醫方一千卷，曰《神醫普救》。《總類》成，帝日覽三卷，一年而讀周，賜名曰《太平御覽》。又詔翰林承旨蘇公易簡、道士韓德純、僧贊寧集三教聖賢事跡，各五十卷，成書，命贊寧為首坐，其書不傳。真宗詔諸儒編君臣事跡一千卷，曰《冊府元龜》；不欲以后妃婦人等事廁其間，別纂《彤管懿範》七十卷，又命陳文僖公裒歷代帝王文章為《宸章集》二十五卷，復集婦人文章為十五卷，亦世不傳。」於此可見當時修書的規模之大和編纂的收穫之豐。

這些書中，尤以後世稱為宋初四大書的《太平御覽》《太平廣記》《文苑英華》《冊府元龜》的價值為大。《太平御覽》為類書，《太平廣記》為小説總集，《文苑英華》為文學總集，《冊府元龜》為分類政治通史。這四種書，都是各個門類的集成之作，至今仍為探討這些門類的問題時從中發掘材料的淵藪。

對研究唐詩來説，《文苑英華》的價值尤高。太宗於太平興國七年（九八二）敕李昉、扈蒙、徐鉉、宋白等人修纂此書，又命蘇易簡、王祜等人參修，雍熙四年（九八七）編成。這書為接續梁昭明太子蕭統《文選》而作，文體分三十八類，也與《文選》全同。詩是其中主要的一種文體，也是容量最大的一種文體。

《文選》所收，上起先秦，下訖梁初。《文苑英華》即上起梁代，下訖於唐。唐代之前作品錄入的很少，所以《文苑英華》中的作品，什九以上為唐人之作，以唐詩而言，即有一萬餘首之多。南宋寧宗嘉泰年間，周必大致仕家居，始行刊刻。其時此書歷經傳寫，已多誤脱，必大乃命門客彭叔夏等援用唐代的許多文獻詳加校讎。叔夏後撰《文苑英華辨證》十卷，留下了許多珍貴的異文，且發凡起例，將考訂成果分為二十一例，逐項論述，成了校讎學上的一部名著。

周必大在《文苑英華序》中述及唐人文集流傳的情況時説：「是時印本絕少，

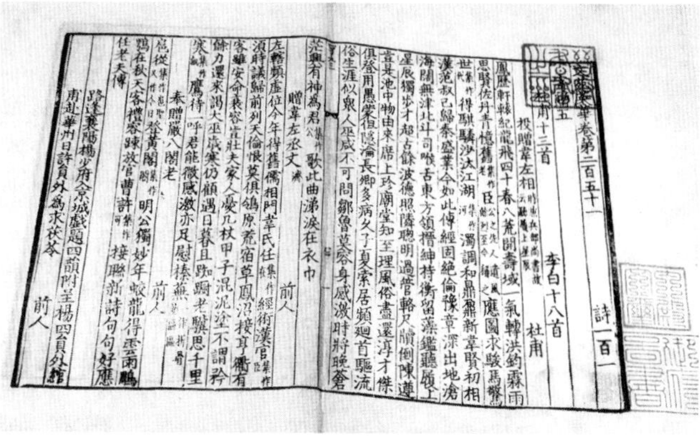

文苑英華卷第二百五十一　詩一百一
寄贈五
杜甫十三首　李白十八首
投贈韋左相　杜甫
鳳歷軒轅紀龍飛四十春八荒開壽域一氣轉洪鈞霖雨思賢佐丹青憶舊臣……應圖求駿馬驚世得騏驎沙汰江湖濁調和鼎鼐新韋賢初相漢苑叔已歸秦盛業今如此傳經固絶倫豫章深出地滄海闊無津北斗司喉舌東方領搢紳持衡留藻鑑聽履上星辰獨步才超古餘波德照鄰聰明過管輅尺牘倒陳遵豈是池中物由來席上珍廟堂知至理風俗盡還淳才傑俱登用愚蒙復隱淪長卿多病久子夏索居頻迴首驅流俗生涯似衆人巫咸不可問鄒魯莫容身感激時將晩蒼茫興有神為君公歌此曲涕淚在衣巾
贈韋左丞丈濟　前人
左轄頻虛位今年得舊儒相門韋氏任經術漢臣須時議歸前列天倫恨莫俱鴒原荒宿草鳳沼接……客雖安命衰容豈壯夫家人憂几杖甲子混泥塗不謂矜餘力還來謁大巫歲寒仍顧遇日暮且踟躕老驥思千里饑鷹待一呼君能微感激亦足慰榛蕪
春日贈嚴八閣老　前人
扈從……登黃閣明公獨妙年蛟龍得雲雨鵰鶚在秋天客禮容疏放官曹許接聯新詩句句好應任老夫傳
路逢襄陽楊少府入城戲題四韻附呈楊四員外綰
甫赴華州日許員外爲求茯苓　前人

《文苑英華》

雖韓、柳、元、白之文尚未甚傳，其他如陳子昂、張説、張九齡、李翱等諸名士文集，世尤罕見。修書官於宗元、居易、權德輿、李商隱、顧雲、羅隱輩或全卷收入。」可見其中收容之富。後人也就利用此書廣泛地進行纂輯，即以《四庫全書》中所保存的七十六家唐人文集而言，其中李邕、李華、蕭穎士、李商隱等人的集子，都是這樣輯出來的。

君主熱衷於保存前代文獻，臣下自然會熱烈響應，例如太宗時參與三大書編纂的宋白，就曾利用有利條件進行搜集和整理，《宋史．宋白傳》曰：「唐賢編集遺落者多，白纘綴之。」

與宋白同時的宋綬，也是著名的文獻學

家，其子宋敏求，於此做出了更大貢獻。他曾預修《唐書》，又私撰唐武宗以下實錄一百四十八卷，說明他對唐代的史事極為熟悉。先是宋綬曾編有《唐大詔令集》一種，宋敏求重加釐正，分為十三類，於熙寧三年重為之序。唐代典冊賴此傳世。宋敏求還編有《長安志》二十卷，記載唐代都城的形勝遺蹟，這些都為了解唐代文化提供了極為有用的材料。

宋敏求家多藏書，還樂於供人使用。王安石編《唐百家詩選》，就是利用他所珍藏的文獻編纂的。關於此書的編者和性質，後世多異說，經過近代學者的縝密考證，確認此書仍為王安石編定，他利用的是宋敏求家藏的唐詩百餘編，其中絕大部份又當是唐代進士的行卷，因此這些集子的卷數每與書目上的記載不同，而且內容也與傳留下來的集子不盡相同。

目前能夠看到的唐人文集，差不多都是經過宋人搜集整理而編纂出來的。材料來源不同，整理加工的水平有差異，各種集子的面目也就有所出入了。

這裏可舉韓愈文集的流傳為例，說明宋代學者在整理和保存唐代文獻的工作中做出了怎樣的努力。

韓愈歿於長慶四年（八二四）冬，門人李漢即收拾遺文，進行編纂，《昌黎先生集序》中稱「得賦四，古詩二百一十，聯句十一，律詩一百六十，雜著六十五，書、啓、序九十六，哀詞、祭文三十九，碑誌七十六，筆、硯、《鱷魚文》三，表狀五十二，總七百，並目錄合為四十一卷，目為《昌黎先生集》，傳於代」。七百之數顯然是不對的。有的本子作七百一十六，有的本子作七百三十八，方崧卿《韓集舉正》云其數「皆有不合」，而始從「閣本、杭本，要是唐本之舊」。而據方氏介紹，唐代即有令狐（澄）氏本、南唐保大本和趙德《文錄》本。這些本子中當然也有很多差異。

但宋初學者見到的韓集，大體上與李漢原編相去不遠。《崇文總目》著錄仍為四十卷，柳開在《昌黎集後序》、穆修在《唐柳先生集後序》中也說韓集得其全，所以後人對韓集的整理加工，主要放在輯佚和校訂上。

按宋代目錄所記，唐人文集正本之外，常見有「集外文」的著錄，如《郡齋讀書志》於《高適集》十卷之外，別著「集外文二卷、別詩一卷」，《李觀文編》三卷之外，別著「外集二卷」；《柳宗元集》三十卷之外，別著「集外文一卷」；劉禹錫《夢得集》三十卷之外，別著「外集十卷」。韓愈的情況同樣如此，於《韓愈集》四十卷之外，別著「集外文一卷」；到了趙希弁編《郡齋讀書附志》時，則除《昌黎先生文集》四十卷外，別著「外集三卷、《順宗實錄》五卷、附錄三卷」。顯然，四十卷之外的作品，除《順宗實錄》等因體例不同有時分別著錄外，應當就是宋代那些熱愛韓文的人辛勤搜集得來的了。

宋代學者整理韓集時，還做了大量的文字校訂工作，這方面的學術專著，前有方崧卿於孝宗淳熙十六年（一一八九）刊行的《韓集舉正》十卷、《外集舉正》一卷。方氏將採獲到的各種不同版本仔細地做了比照，所據者有石本、令狐（澄）氏本、蔡謝校本、南宋保大本、秘閣本、祥符杭本、嘉祐蜀本、趙德《文錄》、謝任伯本、李漢老本，以及《文苑英華》《唐文粹》等。在校讎體例上，也有很好的創樹，云是「當刊正者以白字識之，當刪削者以圈毀之，當增者位而入之，當乙者乙而倒之，字須兩存而或當旁見者，則姑註於其下，不復標出」。應該說，這是很嚴肅而科學的一種校讎法。

隨後朱熹於寧宗慶元三年（一一九七）撰《韓文考異》十卷，在方氏的基礎上又把整理工作提高了一步。朱熹為一代大儒，經他加工的著作，自然更有可觀。他認為，方崧卿的弊病在於識見不足，「去取多以祥符杭本、嘉祐蜀本及李謝所據館閣本為定，而尤尊館閣本，雖有謬誤，往往曲從，他本雖善，亦棄不錄」。朱熹本人則「悉考眾本之同異，而一以文勢義理及他書之可證驗者決之。苟是矣，則雖民間近出小本不敢違；有所未安，則雖官本、古本、石本不敢信」。這樣也就在重視底本校勘的基礎上，兼用了一些理校方法。由於他態度嚴謹，學識高明，所以《考異》一出，《舉正》幾廢，說明宋代的文獻整理工作沿着精益求精的道路正常地發展着。

唐代文集就是這樣經過不斷加工而流傳下來的。研究唐詩必須根據現存文獻，當然無法迴避版本方面的問題。我們必須對前人文集的來龍去脈有所了解，才能知道各種本子的優劣，從而有所抉擇。

版本問題與印刷術的發明有關，這裏也應做些介紹。

唐代中晚期時，已有印刷品出現，但多限於佛像和曆本等物。五代之時，已有官府主持雕版印製的五經和九經，也有一些私人主持印製的總集和類書，但這項技術用於印製文集，要到宋代之後方才普遍。

一些熱愛前人詩文的文士，自然會想到運用這項新的技術把喜愛的集子流傳下去。穆修刻印韓柳二集，是這方面的典型事例。有關此事，宋人筆記《東軒筆錄》卷三、《曲洧舊聞》卷四等書均有記載。後人綜合諸說，作《穆參軍遺事》，引《辨惑》曰：「穆參軍老益家貧，家有唐本韓柳集，乃丐於所親厚者，得釜募工鏤板印數百集，攜入京師相國寺，設肆鬻之。伯長坐其旁，有儒生數輩至其肆輒取閱。伯長奪取，怒視謂曰：『先輩能讀一篇，不失一句，當以一部為贈。』自是經年不售。」生動地記錄了這些文士的熱忱和幹勁。

穆修整理韓集，傾注了巨大的精力，時歷二紀之外，文字才行點定，刻印成集後，自行設攤出售。由此可見，隨着新技術的採用，書籍迅速地成為流通商品，這對文化的發展，具有巨大的促進意義。

唐人詩集也就以更大的規模流通於社會。

如果說，唐代詩人為了讓自己的作品不致散佚泯滅，費盡了苦心，還是難以經受兵燹的洗劫和時光的沖刷。即使像白居易那樣，經過周密思考，將六七十卷的文集抄寫五本，三本藏在少受外界侵害的佛寺，兩本分付親人。但就是這樣，各處藏本還是不能保證安全。香山寺的本子經亂不復存在，東林寺的本子則為淮南軍閥高駢仗勢取去，隨後也就不知所終，於此可見，僅靠抄本傳世，何等困難。至於那些窮苦文人，無力進行抄寫，更是無法確保其詩文的存亡了。

宋代印刷事業的發展，也就為保存唐人文集提供了最好的條件。一經印刷發行，那就不是區區「五本」的問題了。讀者容易購置，也容易保存，唐詩之能以傳留下來，應該歸功於宋人的及時整理和印刷發行。

後人研究唐詩，總是希望得到宋版的集子作為依據，這是因為除唐寫本之外，宋本已是最近原貌的了。

從事校讎工作和整理古籍的專家，重視宋版，即使是殘缺的本子，也無不視若拱璧，原因就在求真。宋本不可得，則求明復宋本或影鈔宋本，目的都在力求復現這些本子之中保留着的作品的原貌。

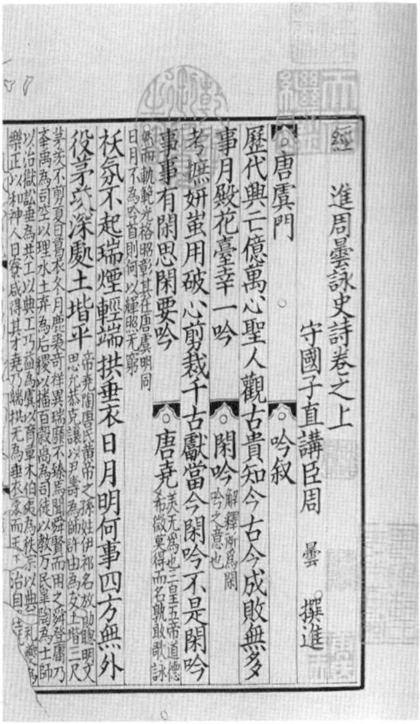
經進周曇詠史詩卷之上
守國子直講臣周　曇　撰進
吟敘
歷代興亡億萬心聖人觀古貴知今古今成敗無多
事月殿花臺幸一吟　閑吟　解釋所為閑吟之意也
考摭妍蚩用破心剪裁千古獻當今閑吟不是閑吟
事事有閑思閑要吟
唐虞門
然而軌範光格昭彰其在唐虞明同日月不為吟首則何以輝照无窮
唐堯　美无爲也二皇五帝道德希微莫得而名孰敢歌詠
祅氛不起瑞煙輕端拱垂衣日月明何事四方無外
役茅茨深處土階平　帝堯陶唐氏黃帝之孫姓伊祁名放勛聰明文思允恭克讓以尹壽為師許由為友土階三尺
茅茨不剪夏日葛衣冬月鹿裘奇祥異瑞靡不臻焉聞舜賢而用之舜登庸乃率禹為司空以理水土弃為后稷以播百穀禼為司徒以教万民皐陶為士師以治獄訟垂為共工以典工巧益為虞以育草木伯夷為秩宗以典禮夔
樂正以和神人日寮咸得其才堯乃端拱无為垂衣裳而天下治自

經進周曇詠史詩

仿宋鈔本周曇《詠史詩》

白居易《郡中即事》詩有「遙思九城陌，擾擾趨名利。今朝是隻日，朝謁多軒騎」之句，馬元調本《白氏長慶集》作「雙日」，日本那波道圓本作「直日」，都難通讀。宋紹興本作「隻日」，盧文弨據之校改。《宋史．張洎傳》：「自天寶兵興之後，四方多故，肅宗而下，咸隻日臨朝，雙日不坐。」朱金城《白居易集箋校》舉此以證，遂怡然理順。於此可見宋本存真之可貴。

宋人刊刻唐人詩集，參與的人多，成果也可觀。總的看來，要以陳起的貢獻為最大。

韋居安《梅磵詩話》卷中云：「陳起宗之，杭州人，鬻書以自給，刊唐宋以來諸家詩，頗詳備。亦有《芸居吟稿》板行，芸居其自號也。」他是江湖詩派中的核心人物。既有詩才，又喜詩道，因此經他整理刊刻的唐人詩集，水平大都很高。儘管有人說他喜以己意改字，然無顯證，而他做出的成績，時人給予高度評價。劉克莊《贈陳起》詩曰：「煉句豈非林處士，鬻書莫是穆參軍。」但他是專業的書商，這與穆修有所不同。

江湖詩派本重中晚唐詩，陳起為了張大詩派的聲勢，出版了許多中晚唐詩人的集子，所以周端臣《挽芸居二首》中曰：「字畫堪追晉，詩刊欲遍唐」，說明他在保存唐詩和擴大其影響上做出了巨大的貢獻。

陳起所刻的書，卷末或署「臨安府棚北大街睦親坊南陳宅書籍舖刊行」，或署

「臨安府棚南睦親坊南陳宅書籍舖刊行」，或云「臨安府棚北大街陳宅書籍舖印」，或云「臨安府陳氏書籍舖刊行」……據葉德輝《書林清話》卷二介紹，傳世尚有《韋蘇州集》十卷，《唐求集》一卷，《李群玉詩集》三卷，《後集》五卷，《張蠙詩集》一卷，《周賀詩集》一卷，李中《碧雲集》三卷，《魚玄機詩》一卷，《李賀歌詩編》四卷，《集外詩》一卷，《孟東野詩集》十卷，韋莊《浣花集》十卷，《羅昭諫甲乙集》十卷，《朱慶餘詩集》一卷，李咸用《李推官披沙集》六卷，《常建詩集》二卷。實際上自不止此數。江標影刻《唐人五十家小集》，很多本子原為陳起、陳思父子二人所刻。這些書籍，出自棚北

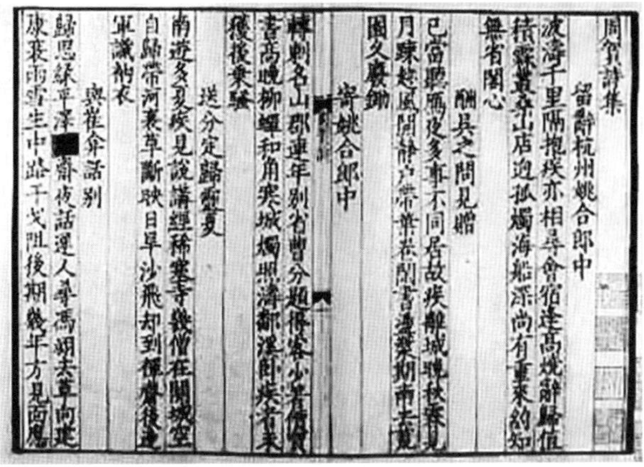
周賀詩集
留辭杭州姚合郎中
波濤千里隔抱疾亦相尋會宿逢高燒辭歸値
積霖叢巖山店迥孤燭海船深尚有重來約知
無省閣心
酬吳之問見贈
已當聽鴈夜多事不同居故疾離城晚秋霖見
月疎起風閑静户帶華甚閑書邊聚期市去覺
閣久廢鋤
寄姚合郎中
轉刺名山郡連年别省曹分題得客少着價
書高曉柳蟬和角寒城燭照濤郡澤時挨貴來
殘後棄騷
送分定歸靈夏
南遊多聚疾見說講經稀塞寺幾僧在關城空
自歸帶河衰草斷映日旱沙飛却到禪齋後邊
軍識衲衣
與崔弇話別
歸思緑平澤[redacted]齋夜話還人尋馮湖去草向建
康衰雨雪生中路干戈阻後期幾年方見面應

陳起刻《周賀詩集》

大街陳宅，故習稱書棚本，向為藏書家所珍視。

明代正德、嘉靖年間，吳下出現一種「唐十二家詩」，《杜審言集》前有廬陵楊萬里序，《孟浩然集》前有宜城王士源序、韋縚重序，《岑嘉州集》前有京兆杜確序，《王摩詰集》前有王縉的《進王摩詰集表》。這些地方保留着宋本的原始面貌。這種「唐十二家詩」的行格為每半頁十行、行十八字，和書棚本行格一樣。這是從正德年間的一批唐人詩集中選出十二家加以重印或復刻而編成的。推究起來，其源應當出自書棚本。

嘉靖時期朱警刻《唐百家詩集》，其行格也是半頁十行、行十八字。朱氏在序言中說，各家詩集均以宋本為底本。後人當然不能貿然斷定他是根據書棚本而重刻的，但推斷其中有不少本子原出陳起父子所印的宋本，當去事實不遠。由此可見，陳起父子當年刊行的唐人詩集，除有大量的中晚唐時期的詩集之外，也有很多初、盛唐時期的作家作品。

總的看來，唐詩由於宋人的及時整理而多少得以保存原貌，又由於宋人及時刊行而得以傳留後世。

上面只是舉書棚本系統的詩集的流傳情況為例，說明唐詩通過怎樣的條件保存了下來。由於宋代書肆林立，印刷業發達，刊刻的唐人詩集為數是很多的。有的詩集則以鈔本的方式流傳下來。到了明代，文化事業更見發展，文壇上又時而興起崇尚盛唐之風，時而興起崇尚中晚唐之風……書商也就配合着搜集、整理、刊刻相應的詩集以求售。這時出現了許多唐人詩集的合刻本，除朱警《唐百家詩集》一百八十四卷外，黃貫曾刻《唐詩二十六家》五十卷，蔣孝刻《中唐十二家詩》七十八卷，黃德水、吳琯刻《唐詩紀》一百七十卷，等等。到了明末，就出現了胡震亨所編的《唐音統籤》一千零三十三卷，清初又出現了季振宜所編的《唐詩》七百一十七卷。其後清聖祖玄燁命彭定求等以季、胡二書為底本，重修《全唐詩》，成九百卷，唐詩的整體面貌也就大體上固定了下來。

史傳

史傳一類著作，名目繁多，大體說來，有正史（紀傳）、編年、別史、偽史、雜史之別。「正史」「偽史」之分，自然是從皇朝的正統名分着眼的；「正史」「編年」之分，則是從著作體裁區分的；「別史」的性質很雜，其中一部份為政典；「雜史」的性質則近於小說。

研究唐詩，應該首重正史中的資料。因為李唐皇朝重視修史，建有一套完整的徵集史料制度。這在《唐會要》卷六三《諸司應送史館事例》內有詳細記載。如云「祥瑞」則「禮部每季具錄送」，「天文祥異」則「太史每季并所占候祥驗同報」，「變改音律及新造曲調」則「太常寺具所由及樂詞報」，「碩學異能高人逸士義夫節婦」則「州縣有此色，不限官品，勘知的實，每年錄附考使送」。其後又云：「如史官訪知事由，堪入史者。雖不與前件色同，亦任直牒索。承牒之處，即依狀勘，並限一月內報。」說明史官還有徵集史料的責任和權力。

唐代的達官貴人，身歿之後，無不請人撰寫行狀傳記，呈交史館，以備採撰。

有人認為某人應該入史，也可將其事跡徑送史官，以備採擇，如元稹有《與史館韓侍郎書》，介紹甄濟的事跡；柳宗元有《與史官韓愈致段秀實太尉逸事狀》，介紹段秀實的事跡，可見唐朝的史館中採擇史料的渠道是暢通的，史源相當豐富。

正史的來源比較可靠，歷朝歷代又起用著名的文人學士撰寫，後起王朝編纂前代史實，組織措施和修史程序都比較正規，因此相對地說，正史的記載總是比較可靠。

但這並不是說正史中的文字全然可信。由於唐代距今已久，傳主的生活年代距離修史之時也已歷有年代，文獻難免有所散佚，而原始史料中的記載也不可能沒有錯誤，因此引錄史文時，仍然需要細加考核。例如高適其人，官高位重，在盛唐詩人中是很突出的，因此新、舊《唐書》中都列有詳細的傳記。傳記大體可信，但在敍及後期入川任職時，卻都記作先任蜀州刺史，後任彭州刺史，以致後來的《唐才子傳》等書均襲此誤。這與高適的仕履顯然不合。據此研讀高詩，就會顯得扞格難通。後來黃鶴等人註釋杜詩，援用了柳芳《唐曆》和房琯《蜀州先主廟碑》等文獻，確證高適入川實為自彭遷蜀。柳芳《唐曆》為盛唐時期的編年史，柳芳、房琯均與高適同時，二人之文今已不傳，但為宋人的註文所徵引，可以據之訂正兩《唐書》

的錯誤。這就說明，研究唐代某一詩人，不但應當援據正史，同時還要參稽與之有關的各種著述，特別是與此一詩人同時或與其時代相近的文獻，以補正史書之不足。

唐、五代的史書，列入正史者共四種，即後晉劉昫領銜實為張昭遠等人修撰的《舊唐書》，北宋歐陽修、宋祁等人修撰的《新唐書》，宋初薛居正領銜實為盧多遜等人修撰的《舊五代史》，歐陽修個人修撰的《新五代史》（原名《五代史記》）。這些著作各有其優缺點，援用之時應當有所了解。

關於《新唐書》和《舊唐書》的高下，前人議之頗多，大體說來，可做這樣的區劃。宣宗之前的人物傳記，可以偏重《舊唐書》中的記載，因為在此之前的幾個朝代，有關的帝王實錄等重要文獻大體上還算保存完整，吳兢等人修撰的《唐書》保存得也較完整，張昭遠等人據此修撰，也就

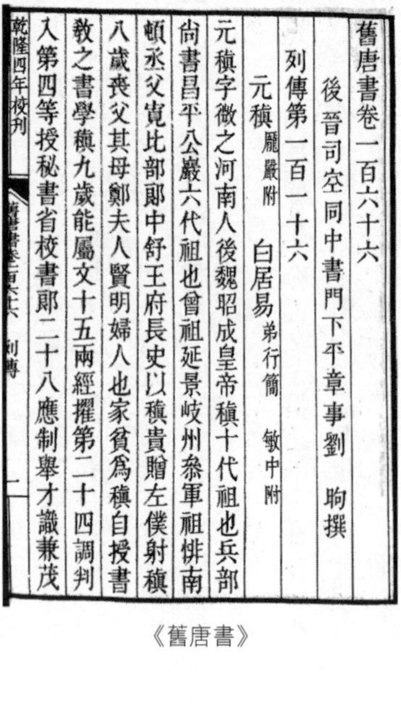
舊唐書卷一百六十六
後晉司空同中書門下平章事劉　昫撰
列傳第一百一十六
元稹 龐嚴附　白居易 弟行簡　敏中附
元稹字微之河南人後魏昭成皇帝稹十代祖也兵部尚書昌平公巖六代祖也曾祖延景岐州叅軍祖悱南頓丞父寬比部郎中舒王府長史以稹貴贈左僕射稹八歲喪父其母鄭夫人賢明婦人也家貧為稹自授書敎之書學稹九歲能屬文十五兩經擢第二十四調判入第四等授秘書省校書郎二十八應制舉才識兼茂
乾隆四年校刊　舊唐書卷一百六十六　列傳　一

《舊唐書》

容易顯示水平。宣宗之後，由於國史中斷，也未編成實錄，時衰世亂，史官也難以多方搜求文獻，這樣也就影響到史料的完整。《新唐書》繼起，歐陽修和宋祁等人鑒於中唐之後史料不足，大量吸收筆記小說等方面的文字入史，總的看來，這一部份的傳記確比《舊唐書》有所提高，但在《本紀》部份，則因力求簡括之故，許多重要史料被刪削，反而不及《舊唐書》之詳悉。

唐代的人大都能詩。一些達官貴人，都有詩篇傳世。因此，新、舊《唐書》中的列傳部份，也就是考察這些詩歌作者的有用材料。但純以詩名而又夠得上入史的人畢竟不多，絕大部份詩人，聲名不顯，只有部份赫赫可稱的人才能進入文苑。這些人就不見得有完整的行狀、墓誌等材料留存，史官也就只能大量採擇小說為之立傳了。

王勃像

例如王勃，一共只活了二十七歲，生平沒有幹過甚麼大事，但文才出眾，小說中多所記載，於是《新唐書．文藝傳》中也就援用了這方面的不少材料，如有關寫作《滕王閣詩序》事，出於《唐摭言》卷五；有關腹稿之事，出於《酉陽雜俎》卷一二《運次》；有關王通居白牛溪教授門生甚眾事，出於《賈氏談錄》；有關王勃作《唐家千年曆》事，出於《封氏聞見記》卷四《運次》，……又如杜甫，《新唐書·文藝傳》中敍及嚴武欲殺之事，出於《雲溪友議·嚴黃門》；《嚴武傳》中敍及武卒，母喜曰：「而今而後，吾知免為官婢矣！」則出於《國史補》卷上《母喜嚴武死》。這類記載中夾雜着很多傳聞失實的東西，在引用時，必須加以別擇。

正像《唐書》有新、舊兩種傳世一樣，《五代史》也有兩種傳世。《舊五代史》雖無完整本子留存下來，但經過四庫全書館臣邵晉涵等人的努力，利用《永樂大典》等書中的材料重行纂輯，一般認為已是十得七八。因為薛居正等人修書時依據的是帝王實錄等重要史料，因此有其可貴之處。歐陽修寫《新五代史》，着重借修史體現自己的史學思想，但在史實方面，也有一些異同和補訂。宋初陶岳著《五代史補》五卷，乃補《舊五代史》而作，敍事首尾詳具，可參看。

五代十國，這是我國歷史上最為混亂的時期之一。四分五裂的大地上，也活動着不少詩人，雖然成就並不太高，但也反映出了這一時代由唐入宋過渡時期的特點。其中部份詩人的事跡，也見於史書。

五代有史，十國之中，除北漢外，也都有史書留存。如南唐有馬令《南唐書》三十卷，陸游《南唐書》十八卷，後蜀有張唐英《蜀檮杌》三卷，吳越有錢儼《吳越備史》四卷，南漢有吳蘭修《南漢紀》五卷、梁廷枏《南漢書》十八卷，而合長沙馬殷、武陵周行逢、江陵高季興三國事跡，有周羽翀《三楚新錄》三卷，而合十國中之吳楊氏，南唐李氏，蜀王氏、孟氏，南漢劉氏，閩王氏五國事跡成書者，則有北宋人撰《五國故事》二卷。讀者如想研究某一位廁身於割據一方的軍閥統治區內的詩人，了解其周圍的環境，也就可以找這些書一讀。

在這些地區內，南唐和蜀地的局勢比較穩定，經濟條件也好，許多著名的文人前去避難，留滯於此，提高了兩地的文化水平，流傳下來的史料也就豐富，而撰述南唐野史者為數更多。史載記江南史事者有六家，徐鉉、王舉、路振、陳彭年、楊億、龍袞均曾有書，此外有鄭文寶《南唐近事》二卷、《江表志》三卷，史虛白之子《釣磯立談》一卷，不著撰人姓名《江南餘載》二卷。有關南唐詩人的事跡，可以從中搜求。

這些私人著作，限於個人見聞，失實之處頗多，需要利用各種材料互證。例如馬令《南唐書》卷五《後主書》中記載：曹彬破金陵，「煜舉族冒雨乘舟，百司官屬僅十艘。煜渡中江，望石城泣下，自賦詩云：『江南江北舊家鄉，三十年來夢一場。吳苑宮闈今冷落，廣陵台殿已荒涼。雲籠遠岫愁千片，雨打歸舟淚萬行。兄弟四人三百口，不堪閒坐細思量。』」按元宗李璟共十子，後主為第六子，顯與詩中所說兄弟四人的情況不合。再檢鄭文寶《江表志》卷一，得知此詩實為吳讓帝楊溥於泰州永寧宮之作，這樣全詩才能豁然通解。夏承燾《南唐二主年譜》於此早已考釋清楚，然而至今還有不少人仍將此詩誤歸李煜名下，這是他們不熟悉當時的史料，也不知道楊溥其人的緣故。

十國的歷史更見混亂，後代一直有人企圖系統地加以整理，使之明晰可讀。宋代路振著《九國志》，採吳、南唐、吳越、前後二蜀、東南二漢（東漢即北漢）、閩、楚九國事，成四十卷，其後又經張唐英增入北楚事，成五十一卷，然已殘佚，今傳世者僅十二卷。雖然可供參證之處不少，但終使人不無遺憾。時至清初，吳任臣的《十國春秋》一書出現，彌補了這方面的不足。全書計一百一十四卷，內南唐二十卷、前蜀十三卷、後蜀十卷、南漢九卷、楚十卷、吳越十三卷、閩十卷、荊南四卷、北漢五卷、紀元表世系表一卷、地理志二卷、藩鎮表一卷、百官表一卷，內容豐富，考證翔實，實屬研究十國歷史的佳制。這書是吳任臣的精心結撰之作，搜輯既勤，體例又精，成就自高。目下已有徐敏霞、周瑩的點校本出版，研究這一階段詩歌的人，可以充份利用此書了解所謂殘唐五代割據區內詩人的動態。

到了元代時，出現了西域人辛文房寫作的《唐才子傳》十卷。這是一部研究唐詩的專著，共錄詩人三百九十七名，介紹事跡，間加評論，實為學習唐詩的必讀之書。《四庫全書總目》稱為「敘述差有條理，文筆亦秀潤可觀」。然辛氏考訂欠精，

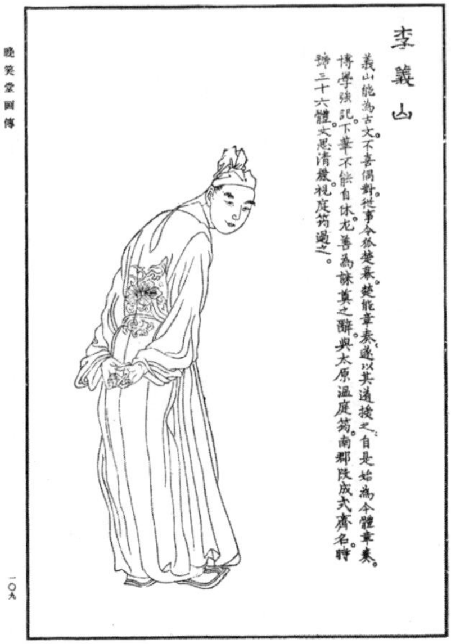
李義山
義山能為古文。不喜偶對。從事令狐楚幕。楚能章奏、遂以其道授之。自是始為今體章奏。
博學強記。下筆不能自休。尤善為誄奠之辭。與太原溫庭筠。南郡段成式齊名。時
號三十六體。文思清穠。視庭筠過之。
晚笑堂圖傳
一〇九

上官周繪李商隱像

錯誤也不少。如該書卷五《張登》曰：「嘗晚春乘輕車出南薰門，抵暮詣宜春門入，關吏捧版請書官位，登醉題曰：『閒遊靈沼送春回，關吏何須苦見猜。八十老翁無品秩，三曾身到鳳池來。』其狷迫如此。」與權德輿《唐故漳州刺史張君集序》等文中記敘的張登事跡殊不合。查《湘山野

錄》知此實為宋人張士遜事。徐自明《宋宰輔編年錄》卷四：「（康定元年）五月壬戌，宰相張士遜拜太傅、鄧國公，致仕」，「士遜自景祐五年三月拜相，至是年五月罷，凡三入相，僅三年」。辛文房所看到的，當是《湘山野錄》的原文，該處正作張鄧公，而偶有殘奪，訛作「登」字，辛氏遽爾錄入，遂成大錯。

為此之故，後人起而訂正者有之，加說明者有之，最近幾年裏就出現了好幾種校註本。傅璇琮主編的《唐才子傳校箋》，集合各方面的專家詳加箋釋，反映出了近年來唐代詩人研究方面的最新成就，足資學者參考。

最後還應對司馬光的《資治通鑑》一書略做介紹。這是一部編年史的名著。《唐紀》部份，委託唐史學家范祖禹纂為長編，自行刪定，在材料的取捨和綜合上極見功夫。因此《資治通鑑考異》中的唐代部份，也是史學領域中不可多得的寶貴材料。胡三省為《資治通鑑》作註，功力至深，特別是闡述唐代官制和地理的文字，尤為精到。但顧名思義，司馬光著此書的目的，是給皇帝提供政治上的借鑒，文學問題非其措意，因此有人曾說，假如王叔文在政治鬥爭失敗時不朗誦杜甫《諸葛亮祠堂》詩，那麼杜甫的名字也就不可能在書中出現。只是研究唐詩的人如想了解某一階段的歷史情況，那麼閱讀《資治通鑑》，不失為便捷可據的途徑。

小說

總的說來，見之於史傳的唐代詩人，為數還是很少的。我們今天要想更多地了解唐代詩人的情況，就得從小說中去尋找。

「小說」一名的內涵，古今有很大的差別，就以古時使用這一概念來說，內涵也在不斷擴大。《四庫全書》中的小說家，包括過去目錄書中所說的「雜史」「傳記」「故事」「小說」等類，因此當代學術界常用筆記小說一名來指代，藉與近代所說的小說這一文體相區別。

筆記小說的內容極為豐富，文人信筆所之，把所見所聞記錄下來，當然無所不可包容了。其中一些喜歡記錄文壇掌故的小說，對於研究唐詩來說，價值更大。例如中唐時期李肇著《國史補》三卷，記錄了開元至長慶一百多年之間的逸事瑣聞，裏面有關李

李白像

杜甫像

邕、崔顥、王維、李白、韋應物、李益、韓愈、元稹、白居易等人的記載，都是後人經常徵引的資料，又如五代時期孫光憲著《北夢瑣言》三十卷，詳載唐末、五代及諸國雜事，記錄了許多中晚唐及五代時文人的事跡，諸如顧況、白居易、李商隱、溫庭筠、皮日休、聶夷中、杜荀鶴、羅隱、韋莊、和凝等人的逸事，還記載了有關文人溫卷等情事，都是研究文史的好材料。

利用小說研究唐詩，能解決的問題很多。這裏舉例做些說明，藉以證實小說確有其重要的文獻價值。

一是可見時代風氣。例如《國史補》卷下《敘時文所尚》曰：「元和已後，為文筆則學奇詭於韓愈，學苦澀於樊宗師；歌行則學流蕩於張籍；詩章則學矯激於孟郊，學淺切於白居易，學淫靡於元稹，俱名為『元和體』。大抵天寶之風尚黨，大曆之風尚浮，貞元之風尚蕩，元和之風尚怪也。」這對元和時期文壇上的新風貌是一個高度的概括。研究唐詩的人，自當細細體會。又如《北夢瑣言》卷七：「唐盧延讓業詩，二十五舉，方登一第。卷中有句云：『狐衝官道過，狗觸店門開。』租庸張濬親見此事，每稱賞之。又有『餓貓臨鼠穴，饞犬舐魚砧』之句，為成中令汭見賞。又有『栗爆燒氈破，貓跳觸鼎翻』句，為王先主建所賞。嘗謂人曰：『平生投謁公卿，不意得力於貓兒狗子也。』人聞而笑之。」可以想見晚唐五代時的詩壇爭逐新異，以致導向某些詩篇的內容淺薄無聊，也可看出當時的一些達官貴人欣賞水平的低下。

二是可測政治風波。例如《太平廣記》卷二五六引《盧氏雜說》曰：「唐衛公李德裕，武宗朝為相，勢傾朝野。及罪譴，為人作詩曰：『蒿棘深春衛國門，九年於此盜乾坤。兩行密疏傾天下，一夜陰謀達至尊。目視具僚亡匕箸，氣吞同列削寒溫。當時誰是承恩者？背有餘波達鬼村。』又云：『勢欲凌雲威觸天，朝經諸夏力排山。三年驥尾有人附，一日龍髯無路攀。畫閣不開梁燕去，朱門罷掃乳鴉還。千岩萬壑應惆悵，流水斜傾出武關。』」二詩對李德裕政治上的失敗持幸災樂禍的態度，所言與史實多不合。今知《盧氏雜說》的作者為盧言，乃是牛黨中傾陷李德裕的主要人物。讀此詩後，可以了解當時各派以文字進行政治鬥爭已達到不擇手段的地步。

三是可考詩人年代。筆記小說的作者限於個人見聞，有時二人同記一事，年代會有很大出入。如中唐時期的詩人宋濟，《全唐詩》小傳云是德宗時人，與楊衡同棲青城山；而《唐摭言》卷一〇《海敍不遇》則記宋濟為玄宗時人，岑仲勉在《讀全唐詩札記》中採《唐摭言》說，但他後來撰《唐人行第錄》時，則據《太平廣記》卷一八〇引《盧氏小說》中德宗見宋濟事，改訂為德宗時人。因為《太平廣記》卷二五五引《盧氏雜說》，記宋濟與許孟容相善，許孟容知舉，宋濟不第，借故譏之。可見岑氏在小說中發現了新材料，重新得出了正確的結論。

四是可辨名字正誤。唐代詩人距今已有千年之久，他們的名字，在流傳中難免不發生點畫之誤。例如中唐時期的詩人張祜，一作張祐，二者顯有一誤。胡震亨《唐音癸籤》卷二九：「張祜之祜，人多作祐字者。小說，張子小名冬瓜，或以譏之，答云：冬瓜合出瓠子。則張之名祜不名祐，可知矣。」按此事原出馮翊子撰《桂苑談叢》，可知早在《又玄集》等書中記作「張祐」者均誤。

五是可徵詩篇遺佚。有些不知名的詩人，並無專集，或雖有集而不傳，僅靠小說偶載其詩，因而傳世，例如《北夢瑣言》卷九：「江淮間有徐月英，名娼也。其送人詩云：『惆悵人間事久違，兩人同去一人歸。生憎平望亭前水，忍照鴛鴦相背飛。』亦有詩集。金陵徐氏諸公子寵一營妓，卒乃焚之，月英送葬，謂徐公曰：『此娘平生風流，沒亦帶焰。』時號美戲也。」又如《唐語林》卷三敍駱浚事，駱為度支司書手，嘗題詩一絕於柏樹曰：「幹聳一條青玉直，葉鋪千疊綠雲低。爭如燕雀偏巢此，卻是鵷鸞不得棲。」遂見知於李吉甫，得升遷。後典名郡，於春明門外築台榭，盧拱嘗題詩曰：「地甃如拳石，溪横似葉舟。」世稱駱氏池館。駱氏之詩及盧氏殘句僅見於此。此館屢見時人詩文，白居易、李商隱、杜牧等人均曾敍及，可見彼時文士交遊的風氣。他書言及此人均作駱峻。「浚」字或誤。

以上就研究者關注的幾個方面略作說明。由此可見，作為唐詩文獻大宗之一的小說，作用甚巨，不讀小說，就難以發現和解決唐詩中的許多問題。

現將初盛中晚各個時期一些有代表性的小說酌予介紹。

記載初唐時事跡者，有劉餗《隋唐嘉話》、張鷟《朝野僉載》、劉肅《大唐新語》等；

記載盛唐時事跡者，有封演《封氏聞見記》、李德裕《次柳氏舊聞》、鄭處誨《明皇雜錄》、失名《大唐傳載》、鄭綮《開天傳信記》等；

記載中唐時事跡者，有趙璘《因話錄》、張固《幽閒鼓吹》、李浚《松窗錄》、裴廷裕《東觀奏記》、范攄《雲溪友議》、韋絢《劉公嘉話錄》、蘇鶚《杜陽雜編》、高彥休《唐闕史》等；

記載晚唐事跡者，有失名《玉泉子》、劉崇遠《金華子》、張洎《賈氏談錄》、孫光憲《北夢瑣言》等。

上面的介紹，也只能說是舉例的性質，況且一般筆記小說中的記事總是不受時間限制，後代所作，往往涉及前代，如《北夢瑣言》等書中就有許多關於中唐至五代時事的記述。

陳洪綬繪《鶯鶯傳》中崔鶯鶯

像《雲溪友議》等書中的一些男女愛情故事，離奇曲折，配以優美的詩歌，傳頌人口，人們稱之為「傳奇」。自唐初張鷟的《遊仙窟》，至唐末盧瓌的《杼情集》，內中一些旖旎動人的詩歌，也是唐詩中的一道亮麗的景觀。

翻閱《新唐書．藝文志》和《崇文總目》、《遂初堂書目》等目錄，可知「雜史」「故事」「傳記」「小說」等類記載的筆記小說，大部份已遺佚，例如胡璩《談賓錄》、令狐澄《貞陵遺事》、柳玭《續貞陵遺事》、韋絢《戎幕閒談》、盧言《盧氏雜說》、丁用晦《芝田錄》等書，都有很可寶貴的材料。所幸宋初太宗命李昉等人編《太平廣記》五百卷，把唐代的許多筆記小說大體上保存了下來。

《太平廣記》目錄十卷，內分五十五部，計有九十二類。卷首列有引用書目，凡三百四十五種，而據馬念祖《水經注等八種古籍引用書目匯編》統計，實核有五百二十六種，而實際上怕還有出入。此書號為「僻籍秘文咸在」。儘管其中神仙鬼怪的比重很大，但包容着大量的唐代筆記和傳奇，有關唐代詩人的奇聞逸事，往往賴此書而傳世。特別是在《貢舉》《詮選》《文章》《才名》等類中，更多文人事跡。

記載唐人逸事的另一部筆記小說《唐語林》，也保存了許多寶貴資料。此書傳世者僅八卷，比之《太平廣記》篇幅要少得多。然而依其內容之翔實嚴謹而言，實可並列而無愧。此書卷首列《原序目》一紙，說明它是依據五十種筆記小說編成的。

這五十種書，都是很有價值的文史類著作。即使像《杜陽雜編》《劇談錄》之類侈陳怪異的書，所採擇者，也是其中較可信的部份。因為王讜編纂《唐語林》時承接的是《世說新語》的傳統，偏重人事，注重情致，全面地反映了唐代士大夫與眾多文人的風貌。有關文學的記載，不光集中在《文學》一門，其他類目及補遺中亦常見。

與此相類的宋初錢易《南部新書》十卷，資料也很豐富，但編次嫌雜亂。

類書之中，如朱勝非的《紺珠集》和曾慥的《類說》等，也保存着大量的筆記小說，記載着唐代詩人的資料。只是這些類書採錄時往往刪節過甚，不像《太平廣記》《唐語林》中記載之完整。此外，元陶宗儀的《說郛》一書，裏面引用的唐宋筆記小說，或有近於原貌者，也有參考價值。此書今有上海古籍出版社影印三種合訂本，讀者自可參閱。

在這裏還可談一下如何對待正史和小說二者之間關係的問題。陳寅恪在〈順宗實錄與續玄怪錄〉一文中說：「通論吾國史料，大抵私家纂述易流於誣妄，而官修之書，其病又在多所諱飾，考史事之本末者，苟能於官書及私著等量齊觀，詳辨而慎取之，則庶幾得其真相，而無誣諱之失矣。」這一見解應當重視。研究唐代詩人，運用史料時，也應遵循這一原則：正史與筆記小說並讀。

譜牒

唐人承前代遺風，仍以故家大族姓望為重，雖經皇室的干預，利用重新修訂姓氏書等手段，抬高關隴集團新興貴族的地位，壓低原來山東士族的聲望，但沒有取得預期的效果。這種重視族姓的風氣，一直持續到晚唐。

《隋唐嘉話》卷中：「高宗朝，以太原王、范陽盧、滎陽鄭、清河博陵二崔、隴西趙郡二李等七姓，恃其族望，恥與他姓為婚，乃禁其自姻娶。於是不敢復行婚禮，密裝飾其女以送夫家。」但唐初的許多功臣，不顧皇家阻攔，仍然暗中與大姓通婚，這項禁令隨後也就自行消歇。《隋唐嘉話》卷中又曰：「薛中書元超謂所親曰：『吾不才，富貴過份，然平生有三恨：始不以進士擢第，不得娶五姓女，不得修國史。』」這話典型地反映了唐代士人的向慕目標，其中之一便是與高門聯姻。

七姓、五姓內涵相同，因為崔姓而言清河、博陵，李姓而言隴西、趙郡，指的是崔、李兩姓中最著名的郡望。

標榜郡望的習氣起源很早。自漢代起，隨着地方著姓的出現。人們逐漸重視姓氏所出，例如「關西孔子楊伯起」之後，無不自我標榜「弘農楊氏」；袁氏四世三公，其後也就自我標榜「汝南袁氏」。他們的出生之地，也就是籍貫，因在本郡享有聲望，故又可稱之為「郡望」，郡望和籍貫是統一的。其後由於仕宦等原因，有人遷居外地，但仍標舉原來的出生之地以自炫，郡望和籍貫開始脱離；而散佈各地的某姓某氏，仍然熱衷於標榜其發家之地，各地家族之間則要求通過編撰族譜來進行維繫，於是自魏晉南北朝起，也就興起了所謂譜牒之學。有人專門研究一些家族的源流，記錄這些家族中的本支和分支，隨後也就出現了綜合各家譜牒的姓氏書一類著作。

隋唐之後，世族政治漸告衰落，但因襲而成的流風餘韻，卻還貫穿一代終始。唐代也有譜牒之學的專家，且有著作傳世。柳沖著《大唐姓族系錄》二百卷，《新唐書·韋述傳》曰：「述好譜學，見柳沖所撰《姓族系錄》，每私寫懷之，還舍則又繕錄，故於百氏源派為詳。乃更撰《開元譜》二十篇。」而韋述的著作，又由柳芳補足寫成，《新唐書·柳沖傳》中還附有柳芳論譜牒的大段文章。其後柳氏和韋氏的子孫也常從事纂輯譜牒之類的著作。

可惜這些唐人的著作大都亡佚了。敦煌石室發現姓氏書數種，內有前人定為《貞觀氏族志》而今人認為當屬吏部尚書高士廉等所修的《條舉氏族事件》，記錄的就是全國著名的郡望。由此還可窺見唐初那些世族高門的盛況。

劉知幾在《史通．邑里》中說：「且自世重高門，人輕寒族，競以姓望所出，邑里相矜。……爰及近古，其言多偽。至於碑頌所勒，茅土定名，虛引他邦，冒為己邑。若乃稱袁則飾之陳郡，言杜則係之京邑，姓卯金者咸曰彭城。氏禾女者皆云鉅鹿。在諸史傳，多與同風，此乃尋流俗之常談，忘著書之舊體矣。」這一番話，對於我們研究唐代詩人的姓氏所出有重要的指導意義。

韓愈像

《舊唐書》中採錄了很多唐代史官的原文，敘及傳主時，常標郡望，如稱王維為太原祁人，高適為渤海蓨人，韓愈為昌黎人之類。又唐人稱呼他人時，也常標郡望，如李華《三賢論》中提到隴西李廣敬、范陽盧虛舟、潁川陳兼等，都指郡望而言。這些人並非出生或居住在這些地方。

這種稱呼經常造成一些理解上的困難。如獨孤及在《唐故揚州慶雲寺律師一公塔銘並序》中稱其與「南陽張繼、安定皇甫冉、范陽張南史、清河房從心相與為塵外之友」，而《新唐書・藝文志》集部別集類著錄張繼詩一卷，下註曰：「字懿孫，襄州人。」二者似有矛盾。實則南陽指的是郡望，襄州指的是籍貫。這裏的南陽，是指東漢時期的南陽郡，襄州屬下有幾個郊縣則為漢代南陽郡之屬縣。因此，張繼如果生在襄陽縣邑之中，那就和南陽郡無涉；如果生在襄陽郊外，也就可能真是南陽郡人。這和諸葛亮的情況相類，他隱居在襄陽城外的隆中山，而又自稱「躬耕於南陽」，後人附會，認為他隱居在中州的南陽，以致彼處也出現了一處臥龍岡。這都是由於泛稱郡望而引起的錯亂。

唐詩的研究工作中易犯這類錯誤，如《中興間氣集》的作者，署渤海高仲武，有人就以為他是今天的山東濱縣人。殊不知唐人無僅標縣邑之習，這裏指的是前時的渤海郡，而漢代的渤海郡治又遷徙過幾次，有時當今河北滄州，有時當今南皮縣，唐人泛稱，很難確指。不了解唐人風氣而靠查檢地理志去落實，就不免張冠李戴。

一些不明就裏的人，還把過去的著望濫用，也就增加了更多的混亂。例如竇蒙《述書賦注》曰：「右丞王維，字摩詰。琅邪人。」谷神子《博異志》曰：「開元中，琅邪王昌齡自吳抵京國。」二王並非琅邪王氏後裔，這就離事實更遠了。

唐人喜稱郡望，實乃沿襲前代餘風，用法帶有較大的隨意性；宋人記錄，常改稱籍貫，而又不太精確。究其原因，則是由於唐代正處在世族極盛的魏晉南北朝與世族解體的宋代之間。此時譜牒之學由盛轉衰，正處在尚還講求而又不太嚴格的中間階段。鄭樵《通志．氏族略序》曰：「自隋唐而上，官有簿狀，家有譜系。官之選舉必由於簿狀，家之婚姻必由於譜系。凡百官族姓之有家狀者則上之官，為考定詳實，藏於秘閣，副在左戶。若私書有濫，則糾之以官籍；官籍不及，則稽之以私書。所以人尚譜系之學，家藏譜系之書。自五季以來，取士不問家世，婚姻不問閥閱，故其書散佚，而其學不傳。」前此的譜牒具有據之選官和通婚等實際作用，所以有講求譜學的必要。唐代譜學的實際作用減少，但標榜血統高貴的風氣卻還沒有遽爾泯沒，這樣也就仍然不斷出現有關姓氏的著作，而在日常生活中卻又出現了濫用的現象。

唐人的著述條件以及書籍流通的條件遠比前代為優，因此六朝的譜牒著作已片紙無存，而唐人的著作則尚有流傳者。

理清唐人家族之間的聯繫，明確一些人物之間的關係，目下所能見到的重要著作，首推林寶的《元和姓纂》。《國史補》卷下《敍專門之學》曰：「氏族則林

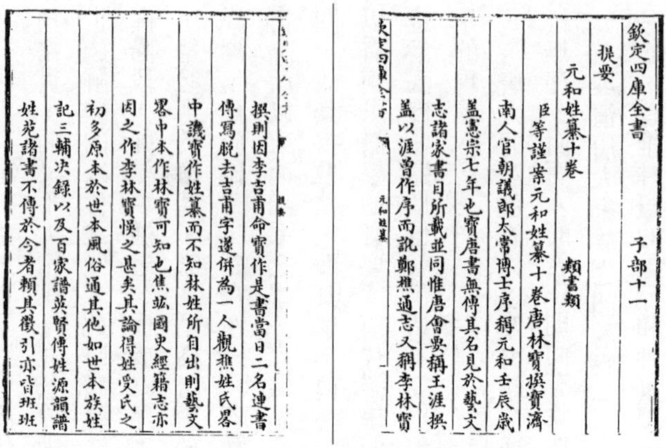

欽定四庫全書　子部十一

提要

元和姓纂十卷　類書類

臣等謹案元和姓纂十卷唐林寶撰寶濟南人官朝議郎太常博士序稱元和壬辰歲蓋憲宗七年也寶唐書無傳其名見於藝文志諸家書目所載並同惟唐會要稱王涯撰蓋以涯嘗作序而訛鄭樵通志又稱李林寶撰則因李吉甫命寶作是書當日二名連書傳寫脫去吉甫字遂併為一人觀樵姓氏畧中識寶作姓纂而不知林姓所自出則藝文畧中本作林寶可知也焦竑國史經籍志亦因之作李林寶惧之甚矣其論得姓受氏之初多原本於世本風俗通其他如世本族姓記三輔決錄以及百家譜英賢傳姓源韻譜姓苑諸書不傳於今者賴其徵引亦皆班班

《元和姓纂》

寶」，可見此人當時即負盛名。可惜這一著作早已殘佚，現在流行的孫星衍、洪瑩校補本《元和姓纂》十卷，原是四庫館臣從《永樂大典》中輯錄出來的，除皇姓外，分依唐韻二百零六部排比，各載受姓之始，下列各家的譜牒。據林寶自序，此書原為備朝廷封爵之用，故無職位者不盡入錄，各家子弟亦有記載不全者。而且卷首佚國姓（李氏）一門，裏面又佚盧、崔、裴、蕭、高、楊、鄭、薛等大姓，從其他留存的各家來看，時見附會之詞，特別是在追敘受姓之由時，更多誇飾。但是書中畢竟保留着許多珍貴的資料，研究唐代文史的人必須加以珍視和利用。

　　經過眾多學者的整理，糾正了不少原有的流傳過程中出現的錯誤，這書已有較好的本子可供閱讀。岑仲勉著《元和姓纂四校記》，利用各種文獻，特別是廣泛徵引了碑刻中的材料，全面進行訂補，使此書更為便用和可信。

有的詩人，其事跡僅見此書。如《全唐詩》卷二記長孫正隱《晦日宴高氏林亭》《上元夜效小庾體同用春字》二詩，名字之下無所說明。高氏為唐初著名書法家高正臣，《唐詩紀事》卷七於其名下敘曰：「《晦日宴高氏林亭》，凡二十一人，皆以華字為韻。（陳）子昂為之序」，「《晦日重宴》，八人，皆以池字為韻，周彥暉為之序。《上元夜效小庾體》詩，六人，以春字為韻，長孫正隱為之序」。然而在介紹到長孫正隱時仍無所說明。按傳世有《高氏三宴詩集》三卷，《四庫全書總目提要》考與宴者頗詳，亦云正隱等人事跡不詳。館臣還說此書原出宋刻，云是「卷尾有『夷白堂重雕』字。考宋鮑慎由字欽止，括蒼人，元祐六年進士，著有《夷白堂集》。此或慎由所刊歟」。《唐詩紀事》採用的當即鮑本，故內容多同。查《元和姓纂》卷七記長孫緯曾孫貞隱，太常博士。「正」字乃避宋仁宗諱而改。長孫為胡姓，今人姚薇元著《北朝胡姓考》，敘北方胡族族姓由來頗詳，可以參看。

唐人俗諺說：「城南韋杜，去天尺五。」足見其聲勢之隆。這些世家大族，文化水平很高，出現過不少詩人。《元和姓纂》中就記載着許多值得發掘的史料。例如李白有《江夏贈韋南陵冰》《寄韋南陵冰余江上乘興訪之遇尋顏尚書笑有此贈》等詩，前人以為此人乃韋堅之弟，然與史實不合。郁賢皓據《元和姓纂》卷二韋氏鄖城公房世系，考知此一韋冰乃韋景駿之子，韋述之弟，韋渠牟之父。權德輿《左諫議大夫韋公詩集序》曰：「初，君年十一，嘗賦《銅雀台》絕句，右拾遺李白見而大駭，因授以古樂府之學，且以瑰琦軼拔為己任。」其時韋渠牟年僅十歲稍過，李白以通家子弟之故，親加指授，遂有所成。假如不知韋冰為何人，也就不能了解李白為甚麼會對韋渠牟如此關切。

《新唐書．宰相世系表》的作用和《元和姓纂》有類同處。許多不見列傳的人物，可從表格中略窺其家世與仕歷。按《宰相世系表》六卷（實為十一卷）原為宋初的譜牒專家呂夏卿撰。他用表格的形式表示上下各代的關係，讓人有一目瞭然之感，因此這一著作不但內容包孕宏富，而且形式上也有創新。

按照前人研究，呂夏卿撰《宰相世系表》，主要依據就是林寶的《元和姓纂》。但《元和姓纂》中殘佚的部份，《世系表》中時有完整的記敍，而且其中還增加了元和之後的材料，因而自有其價值。有的詩人，其事跡僅見此表，即如作有《奉和九日幸臨渭亭登高應制得直字》的李咸，《全唐詩》名下一無説明，查《宰相世系表》

二上，知他出於姑臧大房，乃李義琰之子，宰相李義琰之從侄，官工部郎中。可知在唐詩的研究工作中，此表具有不可替代的作用。

又《新唐書．宗室世系表》一卷（實為二卷）的作用與《宰相世系表》相同，唯包容的人數較少。

宋代還有一部有關譜牒之學的著作，即鄧名世《古今姓氏書辯證》四十卷，也是參考《元和姓纂》而編成的，裏面也有關於唐人族姓世系的完整記敘。《元和姓纂》中遺佚的族姓，退而求其次，只能從《新唐書．宰相世系表》和《古今姓氏書辯證》等書中去搜求了。原輯本《元和姓纂》卷一〇獨孤氏無獨孤楷一支，岑仲勉《元和姓纂四校記》即據《古今姓氏書辯證》所錄輯入。

有關唐代的一些著名族姓，應該重視上述三書的記載，但在其他一些不為世人所重的書中，有時也會遇到個別有價值的資料，例如章定《名賢氏族言行類稿》卷四六敍暢氏曰：「唐戶部尚書暢璀，尚書左丞暢悅。璀子常、當；當，進士擢第，為太常博士。悅子偃，並河東人。」暢璀，新、舊《唐書》有傳，高適有《睢陽贈別暢大判官》一詩贈之。有人以為唐詩中之暢大或是暢當，《唐才子傳》卷三《王之渙》敍旗亭畫壁故事，誤將暢當列入，故此說似可信。暢當是中唐時期的著名詩人，《全唐詩》及一些流行極廣的選集，如《唐詩別裁集》《唐宋詩舉要》等均以《登鸛雀樓》詩屬他所作，近人又據《夢溪筆談》卷一五及其他典籍考知此詩實為暢諸之作，而《唐詩紀事》卷二七又云暢當、暢諸為兄弟行。《元和姓纂》卷九載「《陳留風俗傳》有暢悦，河東人。狀云：本望魏郡。瓘子當，悦子偃。又詩人暢諸，汝州人，許昌尉」。「瓘」字顯為「璀」字之誤。這種記載説明，暢當、暢諸不是同一族人，然暢當有無兄弟，則沒有記載，不像《名賢氏族言行類稿》説的明晰。今知暢璀排行第一，暢當排行為二，則暢大判官云云，自然不可能是暢當，而是其父暢璀的了。即此一例，也可看出這類著述的寶貴以及加以綜合利用的必要。

碑誌

研究唐代人物，包括詩人在內，除了必須運用以書籍形式傳世的資料外，還應注意其他一些非書籍形式的文獻資料。碑碣和墓誌，是其中的大宗。

夠得上樹碑立傳的人物，當然為數不多，豐碑巨碣，鋪敘詳盡，獲得某位名公巨卿的碑銘，就不僅可以了解他的一生，還可以了解到許多有關的歷史事件。如果他在史書中有傳，則可與碑文互參；如果史書無傳，則可補史書之不足。其作用之大，是不難看出的。

後世出土的唐人墓誌，比之碑碣，

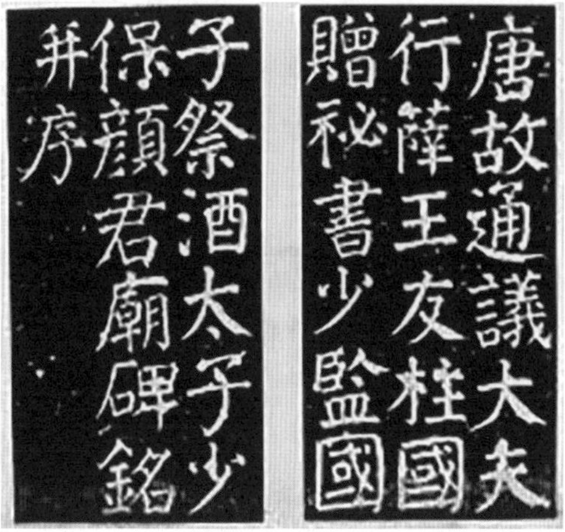

《顏家廟碑》

其數量要大得多。因為唐人繼承北朝遺風，重視墓誌這一體制，地位不分高下，性別不分男女，凡有條件者，都有墓誌隨葬。由是存世墓誌之多，遠超禁止立誌的南朝，即與重視碑誌的北魏、齊、周等朝相比，也有巨大的差別。

唐代墓誌大小不一，有製作極精者，有製作粗劣者；有文章寫得很好的，也有草率成文的；有的書法佳妙，也有的僅能結體。但判斷其文獻價值，則不能以墓主的職位高下和誌文的篇幅大小為標準。

自從岑仲勉在《續貞石證史》中介紹《唐故文安郡文安縣尉太原王府君墓誌銘並序》之後，詩人王之渙的生平方為世人所知，於是古時的一切模糊影響之談一掃而空，有功於唐詩研究匪淺。原石拓片已由李希泌發表在《曲石精廬藏唐墓誌》中。又如另一盛唐詩人李頎，成就至高，然生平不詳，《唐才子傳》僅云「開元二十三年，賈季鄰榜進士及第，調新鄉縣尉」。《千唐誌齋藏志》載大曆四年（七六九）邵說撰《唐故瀛州樂壽縣丞李公（湍）墓誌銘》云：「酷好寓興，雅有風骨。時新鄉尉李頎、前秀才岑參皆著盛名於世，特相友重。」這可能是在時人墓誌中敍及李頎歷史的僅存文字。可惜李頎本人的墓誌未能像王之渙誌那樣重現人間，提供寶貴的史料，澄清一些疑難問題。

碑刻的情況相同，不應以體制大小區分價值高下。例如宋拓《雁塔唐賢題名》中有云：「侍御史令狐緒，右拾遺令狐綯，前進士蔡京，前進士令狐緯，前進士李商隱，大和九年四月一日。」考蔡京於開成元年（八三六）進士登第，李商隱於開成二年（八三七）登第，與題名年代不合，這一「前」字顯為後來追添。《唐摭言》卷三《慈恩寺題名遊賞賦詠雜記》：「神龍已來，杏園宴後，皆於慈恩寺塔下題名。……及第後知聞，或遇未及第時題名處，則為添『前』字。或詩曰：『曾題名處添前字，送出城人乞舊衣。』」蔡京與李商隱伴同令狐子弟出遊，正依附其門下時，此一題名可作佳證。

由此可見，唐人石刻對於研究唐代文學具有極為重要的作用。這一方面的研究，宋代即已開始，並且做出了很大的成績。首先從事這一方面工作的，要推歐陽修。

歐陽修有《集古錄跋尾》十卷行世。他注意搜集前代石本，其時距唐至近，所見到的碑誌，也以唐代為多。他所收集的金石文字共有一千多卷，作有跋文的有四百二十多件，後又命次子棐作《集古目錄》二十卷，系統加以整理和著錄。

繼歐陽修起而做出很大成績的是趙明誠，他收集了金石文字兩千卷，著有《金石錄》三十卷，內中也以唐代的石刻文字為多。趙明誠撰跋尾之文共五百零二篇，對許多問題做了深入的考證，有助於唐代文史的研究。例如該書卷二八《唐元結碑》曰：「右《唐元結碑》，顏魯公撰並書。案《唐書》列傳：結，後魏常山王遵十五世孫，而《碑》與《元氏家錄序》皆云『十二世』，蓋史之誤。又《碑》與《元和姓纂》皆云結高祖名善禕，而《家錄》作善禘，未知孰是也。」足以顯示碑文對於研究唐詩具有重要的參證作用。

其後又有陳思《寶刻叢編》二十卷問世。此書以《元豐九域志》京府州縣為綱，而將石刻中地理之可考者，按各路編纂，未詳所在者，則附於卷末。各家辨證審定之辭，則著於下。此書搜集的資料甚為豐富，近於全國碑刻的一次總登記，這也說明宋代已經初步具有對某項事實或現象進行全國普查的條件，因此才有可能出現這種綜合性的著作。其後還有王象之《輿地碑記目》四卷行世，此書只記南宋疆域之內的碑刻，但所記敘碑文年月碑主姓名之大略可供考證之需，也是有益於考史的一部著作。

南宋之時還有不著撰人的《寶刻類編》八卷行世。《四庫全書總目》稱是書「搜採贍博，敘述詳明，視鄭樵《金石略》、王象之《輿地碑記目》增廣殆至數倍，前代金石著錄之富，未有過於此者，深足為考據審定之資」。

上述種種表明，唐人的碑銘和墓誌，到了宋代即已得到重視。初步做了一番搜集和整理，為後人留下了一些可貴的原始記錄。後人自可據此對有關人員進行考核。例如《全唐詩》卷三一二記李幼卿、李深、羊滔、薛戎、謝勮等人均作有《遊爛柯山詩》，説明這些人曾同遊此地，而《寶刻叢編》卷一三兩浙東路出衢州內載有《唐遊石橋序並詩》，下云「序謝良弼撰，詩劉迥、李幼卿、李深、謝勮、羊滔撰，元和七年十二月十二日」，可知《遊爛柯山詩》亦當作於同一時期。用這兩組詩互證，即可推知這些詩人的活動地區與活動年代。

宋代著錄碑刻的著作的一大缺憾是未附原文，這或許是技術條件的限制，到了清代，方始取得突破性的成就。王昶的《金石萃編》一百七十一卷和陸增祥的《八瓊室金石補正》一百三十卷，可稱輯考古代碑刻的集成之作。二書不但篇幅宏大，內容豐富，體例上也有革新。二者都附有碑刻墓誌的原文，這些文字都經過詳細的考訂，後附各家的研究文字，最後加上自己的判斷。讀者查究每一篇碑刻，即可獲得有關這一方面的許多研究成果。從事唐代文史工作的人，自然要把這兩部著作視為案頭常用之書了。

清末民初，考證金石文字的風氣大盛，端方等人倡之於前，羅振玉等人倡之於後，都有這一方面的著述行世。特別是到民國二十一年（一九三二）前後，洛陽北邙山大發塚墓，唐代墓誌大批流出，其數量之多，內容之富，更是前所未有。一些熱心文化事業的人乘機收購，最著名的，便是張鈁（伯英）求得唐誌一千二百多方，於河南鐵門關建千唐誌齋以貯之，其後他以拓片的方式，出售《千唐誌齋藏石》，為研究唐代文史者提供了珍貴的資料。最近文物出版社又將全部拓片影印出版，改名《千唐誌齋藏誌》，學術界使用這些材料時也就方便多了。

這裏應該對洛陽一地的情況做些說明。唐代自安史之亂後，山東廣大地區淪入藩鎮之手，文化水平降低，原來一些土著大姓逐漸向內地移動，白居易《唐故虢州刺史贈禮部尚書崔公（玄亮）墓誌銘》內云：「自天寶以還，山東士人皆改葬兩京，利於便近。」而洛陽的北邙，自漢以來一直認為是亡靈歸宿之地，葬在這裏的人更多。王建《北邙行》曰：「北邙山頭少閒土，盡是洛陽人舊墓。」因此該地發掘而得的墓誌，尤較其他地方為多。羅振玉即撰有《芒洛塚墓遺文》四編十五卷。近人利用洛陽出土誌文已經取得了不少成果，如陳寅恪據《唐茅山燕洞宮大洞煉師彭城劉氏墓誌銘》《滑州瑤台觀女真徐氏墓誌銘》考李德裕貶死年月及歸葬傳說，羅根澤據李昂《唐故北海郡守贈秘書監江夏李公墓誌銘》説明李邕享年七十三歲，周勛初據《大唐前益州成都縣尉朱守臣故夫人高氏墓誌文》探知高適家族及先世所出，可見研究唐詩的人，不可不注意碑刻文字。

有些學者也就憑借豐富的資料從事匯編工作。周紹良長期從事這方面的研究，做了大量辨證文字的工作，取得了階段性的成果。台灣則有毛漢光的《唐代墓誌銘匯編附考》出版，自序中説：「在本書所搜唐代拓片之中，屬於人物碑誌者，墓誌銘約三千三百餘張；另碑誌銘類、塔誌銘類、雜誌銘類等約一兩千張，總共有五千餘張，百分之九十以上的碑銘中人物皆不載於正史。按新、舊《唐書》紀傳及附傳共二千六百二十四人，故碑誌人物數量倍於兩《唐書》。以文字數量而言，唐碑誌字數亦超過兩《唐書》字數。金石文字數量超過正史字數，在歷代歷朝之中，唐刻乃是獨有的現象。」可惜至今還沒有條件把散在各地的唐代拓片匯聚在一起印出，這對唐詩的研究工作來説，真是一種缺憾。

石刻文字仍在綿綿不斷地被發掘出來。研究者要時常注意這方面的信息，擴大資料來源。例如安徽滁州市文化局編了一本《琅琊山石刻選》，內有刺史李幼卿於大曆六年（七七一）所作的《題琅琊山寺道標道揖二上人東峰禪室時助成此□□築

薛稷《信行禪師碑》

斯地》五言長詩一首，從未為人著錄過。李幼卿還是一位小有聲名的詩人，《唐詩紀事》等書均有記載，閱讀這首詩，對他的成就會有更多了解。

最後還應指出的是，文人受託寫作碑銘墓誌中的文字，往往對墓主有所粉飾，因此有關墓主生卒仕履等方面的記載，一般說來還比較可信，至於對墓主或某些事件的評價，那就未必如此了。東漢蔡邕善於寫作碑誌，他就曾說過：「吾為人作銘，未嘗不有慚容，唯為《郭有道碑頌》無愧耳。」（《世說新語．德行》劉孝標註引《續漢書》）唐代寫作碑誌文字報酬豐厚，文人爭相羅致，《國史補》卷中《韋相拒碑誌》：「長安中，爭為碑誌，若市賈然。大官薨卒，造其門如市，至有喧競構致，不由喪家。」可見其時風氣之壞。即使是那些以正道自居的人，怕也未能免俗。韓愈以寫作碑誌著稱，李商隱《齊魯二生》敍劉叉事，即云「聞韓愈善接天下士，步行歸之。……後以爭語不能下諸公，因持愈金數斤去，曰：『此諛墓中人所得耳，不若與劉君為壽。』愈不能止」。後來遂有稱碑誌為諛墓文者。讀者利用這些材料時，應與其他材料互參，以免為其中的粉飾之詞所迷惑。

壁記

有關唐代名人的記載，有「三大縉紳錄」之說，其一即《元和姓纂》，其他兩種則為《尚書省郎官石柱》和《御史台精舍碑》。因為這三種文獻上記載着大量的有社會地位的人物的姓名，後兩種文獻上更記載着當時頗為顯要的各部郎中和員外郎以及御史台三院中的官員的姓名，後人可以通過這些材料了解唐代政體建置和任職官員交替的情況。不論從研究政治制度來說，還是從研究個別的人物來說，都很有價值。

上述石柱和碑刻，屬於壁記的範圍，不論前朝或後代，都未看到過同樣的建置，這些壁記可說都是唐人留下的至可寶貴的一種特殊的研究資料。

《封氏聞見記》卷五《壁記》曰：「朝廷百司諸廳皆有壁記，敍官秩創置及遷授始末。原其作意，蓋欲著前政履歷而發將來健羨焉。……韋氏《兩京記》云：『郎官盛寫壁記，以記當廳前後遷除出入，寖以成俗。』然則壁記之由，當自國朝以來，始自台省，遂流郡邑耳。」可見其時不僅尚書省和御史台中有壁記，其他衙門均有，只是沒有二者著稱，而且大都失載罷了。壁記墨書，易於漫滅剝落，故自開元時起，尚書省中即以石柱代替壁記。石柱題名，也就是壁記的另一方式。看來當時尚書省中建有兩個石柱，分載左右二司及二十四司郎中、員外郎之姓名，今記錄尚書右丞分管兵、刑、工三部諸司之右邊一石已毀，只剩下了記錄尚書左丞分管吏、戶、禮三部諸司之左邊一石。御史台精舍碑的設置情況與此相類，但其建立要比郎官石柱為早。武后之時，冤獄甚多，御史台又為主斷大獄的地方，故建精舍以祈福。中宗時在台中建碑，即將壁記代以石刻，由官署移諸精舍。

這兩處著名的碑刻，過去似未得到重視，僅宋代的《寶刻叢編》卷七上有記載。直到清代，樸學興起，注重實物考證，顧炎武訪求各地碑刻，始在《金石文字記》中著錄。錢塘趙魏仕於西安，親至碑下手摹其文，刻入《讀畫齋叢書》，王昶編《金石萃編》，也記下了碑文全部。諸人導夫先路，功不可沒，但碑文複雜，取得的成果還很有限。

利用這兩種珍貴的史料，取得傑出成就的學者，是趙鉞、勞格。趙鉞創舉之功，但投入的勞動更大，做出的貢獻更為卓越的，是勞格。勞格在貧病交困的情況下從事研究工作，歿時僅四十五歲，未能及身定稿，後由丁寶書編為二十六卷，刻入《月河精舍叢鈔》，成了後人研究唐代文史者不可或缺的一種資料書。

此書有裨考證，例如《唐詩紀事》卷一記有中宗《九月九日幸臨渭亭登高作》，臣下應制，韋安石、蘇瓌、李嶠、蕭至忠、竇希玠、韋嗣立、李迥秀、趙彥伯、楊廉、岑羲、盧藏用、李咸、閻朝隱、沈佺期、薛稷、蘇頲、李乂、馬懷素、陸景初、韋元旦、李適、鄭南金、于經野、盧懷慎二十四人奉和。《全唐詩》錄入全部詩作，小傳中均敍仕歷，而鄭南金名下獨缺。考《郎官石柱題名》，司勳員外郎中有鄭南金其人，可知鄭氏時任此官，而其他文獻則無此記載。《全唐詩》編者未檢《郎官石柱題名》，因而未能補正。

但自趙魏起至勞格止，都有一些問題未能很好解決，推其原因，則是對郎官石柱本身的研究不夠深入所致。原來石柱上的郎官題名，先後一共刻過三次，初刻於開元二十九年（七四一），再刻於貞元中，三刻於大中十二年（八五八）。石面多次鐫刻，空隙越來越小，於是見縫插針，填補空白；前後刻法又不一，還有左旋、右旋的問題，驟視之，很難摸清頭緒。經過各家的不斷鑽研，愈益明晰，於是勞格起而糾正了趙、王二人的錯誤，但趙、王二人親自去看過原物，記石柱為七面，勞格遽爾認為當有八面，則是犯了主觀臆斷的錯誤。

而各家所犯的最大錯誤，則是碑文記敍錯亂。因為郎官石柱曾中間斷裂，清人看到的石柱，已是黏合而成的了。黏合者缺乏必要的歷史知識，上下發生了錯位，於是原來排列整齊的各司郎中和員外郎，竟羼入到其他衙門中去了。

岑仲勉對這兩種著作重新鑽研，對於石柱用力尤多，撰成《郎官石柱題名新著錄》《郎官石柱題名新考訂》二文。《新著錄》着重碑文本身的研究，糾正前代學者的各種錯誤，匯合各種拓片文本，重新對各部郎官的名單進行了整理，於是錯綜複雜又很紛亂的行格釐然可讀，計得位置可見者三千四百餘人。《新考訂》則對勞格考而未詳或有錯誤者起而補正，材料不足者補之，考證有誤者訂之，如於「祠部郎中」下說明道：「石柱原有祠中題名，趙、王二本均誤入度中，勞本雖剔出若干，然大半仍留在度中之內，致祠中題名，析附度中、祠中之下，皆由勞氏過信書本而過疑石刻之故。余此次井理，與別司異，全照石刻所見錄出，依勞《考》命名曰《石刻》。」這份整理後的名單，自然比勞格等人之說更可信。

近人對這兩種特殊資料都很重視，時有新的研究成果出現，但首推岑仲勉的貢獻為大。當今讀者或研究者在利用勞格的《尚書省郎官石柱題名考》和《御史台精舍題名考》時，應和岑氏著作並讀，所得知識才更為完整可靠。

這裏還可再舉一例，說明綜合運用姓氏書與壁記等材料考訂唐詩時所起的作用。高適有《東平旅遊奉贈薛太守二十四韻》，此公不知何人？按詩之前端云「晉公摽逸氣，汾水注長流」，知其源出河東。《新唐書·宰相世系表三下》薛氏「西祖興，字季達，晉河東太守」，是為西祖房之始祖。薛太守當是此族後裔。詩中又云：「御史風逾勁，郎官草屢修。鵷鸞粉署起，鷹隼柏台秋」，可知此人先後曾列職御史、郎官。查此族中工部郎中孝廉之子自勸，仕履與此相符。《唐御史台精舍碑》載自勸為監察御史、殿中侍御史並內供奉，《郎官石柱題名》載自勸為司勳員外郎，與高詩合。《資治通鑒》開元二十四年（七三六）四月乙丑：「涇州刺史薛自勸貶澧州別駕」，今又升遷至東平太守，所以高詩稱其「一麾俄出守，千里再分憂」。由此可見，恰當運用壁記等材料，可解決研究中的很多問題。

唐代還有一種重要的「壁記」，即翰林學士壁記，可與上兩種材料參列。

唐代文人，以入翰林為榮。翰林學士執掌御前筆墨，權力很大，故時稱「內相」。當時就有不少文人記載院內故事，如李肇《翰林志》、元稹《翰林承旨學士院記》、韋處厚《翰林學士記》、韋執誼《翰林院故事》、楊鉅《翰林學士院舊規》、丁居晦《重修承旨學士壁記》等。宋代洪遵匯集唐代有關翰林院的文字，編成《翰苑群書》二卷，成為研究這一機構的重要文獻。

翰林學士壁記中的記載至為寶貴，岑仲勉仿趙鉞、勞格考訂郎官、御史的體例，成《翰林學士壁記注補》十二卷與《補唐代翰林兩記》，對唐代那些著名的文學侍從之臣的經歷詳細地做了考訂和記敘。

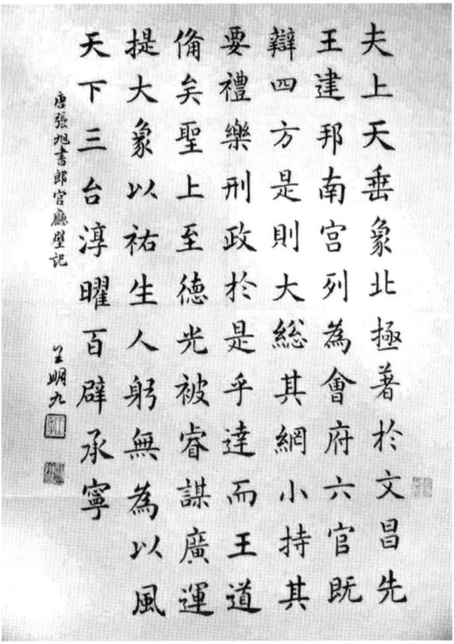

張旭壁記

唐時不但像翰林院這樣的衙門有壁記，其他軍政衙門有壁記，就是地方上的一些官府也有壁記。李華寫作壁記甚多，除《中書政事堂記》《御史大夫廳壁記》《御史中丞廳壁記》《著作郎廳壁記》外，還撰有杭州、衢州、常州、壽州四州刺史廳壁記，京兆府員外參軍、河南府參軍二廳壁記，安陽、臨湍二縣縣令廳壁記，詳細地記敍了這些衙門的建置和任職官員的情況。白居易有《江州司馬廳記》，對司馬一職的特殊建置做了説明。這些都是有裨考證的資料。儘管壁上墨書不知毀於何年，但卻保存在二人的文集和一些總集之中。與此類似的壁記尚多，可供參證。

唐代詩人，除隱居山林或沉淪下僚者外，大都涉足仕途，因為封建社會中的文人，入仕是唯一的出路，這樣他們必然廁身於大大小小的官僚機構之中。這時出現了眾多記載官署內歷任人員的壁記，也就為後人提供了這些方面豐富的可靠資料。

以上所言，主要是從考史的角度論述壁記的作用，並非全面肯定壁記的價值。實則壁記的內容是很蕪雜的，呂溫《道州刺史廳後記》曰：「壁記非古也。若冠綬命秩之差，則有格令在；山川風物之辨，則有圖牒在；所以為之記者，豈不欲述理道列賢不肖以訓於後，庶中人以上得化其心焉。代之作者，率異於是，或誇學名數，或務工為文，居其官而自記者則媚己，不居其官而代人記者則媚人，《春秋》之旨，蓋委地矣。」這就説明，學者若將壁記作為一種史料運用時，必須有所鑒裁才是。

登科記

《全唐詩凡例》中一則曰：「唐人世次前後，最為冗雜，向來別無善本。（季振宜）《全唐詩》及《唐音統籤》亦多訛謬。應以登第之年為主。……」可見「登第」之事在唐代詩人的歷史上具有重要的意義。

在封建社會裏，士人受儒家「學而優則仕」思想的影響，爭取服官，這不僅是為了解決生活問題，而且也是施展個人抱負的主要出路。唐代已經形成了比較完整的科舉制度。幾項主要的科目，如進士、明經以及制舉，吸引着大批文士，其中尤以進士科的吸引力為大。這是因為進士出身的人日後飛黃騰達的機會最多，《國史補》卷下《敘進士科舉》曰：「進士為時所尚久矣。是故俊乂實集其中，由此出者終身為聞

宋拓《唐賢慈恩雁塔題名》

人。……賢士得其大者，故位極人臣常十有二三，登顯列十有六七。」因而進士及第者無不意氣風發，登第之後還有探花、會宴和慈恩寺塔題名等方式表示慶賀。《唐摭言》卷三《慈恩寺題名遊賞賦詠雜記》言及曲江亭子，「進士關宴常寄其間。既徹饌，則移樂泛舟，率為常例。宴前數日，行市駢闐於江頭。其日公卿家傾城縱觀於此，有若中東床之選者十八九，鈿車珠鞍，櫛比而至。」可見這些及第進士們其時情緒之高揚。

唐代應科舉考試者，座主門生的關係，同榜之間的關係，尤受重視。長慶四年（八二四）李宗閔權知貢舉，放唐沖、薛庠、袁都等及第，時稱「玉筍班」。貞元八年（七九二）韓愈、歐陽詹、李觀、崔群等人聯第，時稱「龍虎榜」。他們日後的親密關係，都是在同應進士舉時奠下基礎的。

《封氏聞見記》卷三《貢舉》中說：「當代以進士登科為『登龍門』，解褐多拜清緊，十數年間擬跡廟堂。輕薄者語曰：『及第進士，俯視中、黃郎；落第進士，揖蒲、華長馬。』又云：『進士初擢第，頭上七尺焰光。』好事者紀其姓名，自神龍以來迄於茲日，名曰《進士登科記》。」

《新唐書·藝文志》上記載，有關唐人登第的著作計有三種，即崔氏《唐顯慶登科記》五卷，姚康《科第錄》十六卷，李奕《唐登科記》二卷。這些書都已亡佚，而據《玉海》卷一一五《選舉》引姚康《科第錄敍》，云是穆宗長慶之前的「登科記」就有十多種。這類著作大都出於私人著錄，到了宣宗時，情況才有改變。《東觀奏記》卷上曰：「大中十年（八五六），鄭顥知舉，後宣索科名記，顥表曰：『自武德已後，便有進士諸科，……所傳前代姓名，皆是私家記錄，虔承聖旨，敢不討論。臣尋委當行祠員外趙璘採訪諸家科目記，撰成十三卷，自武德元年（六一八）至於聖朝，謹專上進，方俟無疆。』敕宜付翰林，自今放榜後，並寫及第人姓名及所試詩賦題目進入內。仍仰所司逐年編次。」這也就是說，中唐之後已經建立起了逐年編纂的制度。

經過五代之亂，這些「登科記」大半已經散佚，時至宋初，就有人出來搜集，並重行編纂，那位對保存唐代文獻做出過重大貢獻的樂史，在這方面的成績也很可觀，《玉海》卷一一五《選舉》載：「雍熙三年（九八六）正月，樂史上《登科記》三十二卷，《唐登科文選》五十卷，《貢舉事》《題解》各二十卷，以為著作郎，直史館。」可見他對有關唐代科舉的文獻全面地做過整理。

南宋高宗紹興三十年（一一六零），則有洪適的《重編唐登科記》十五卷問世。

此書不見後世目錄，想是宋代之後即已亡佚，但在《盤洲文集》卷三四中保存着《重編唐登科記序》，可知他是根據姚康《科第錄》的前五卷（即唐高祖、太宗兩朝），又據崔氏《顯慶登科記》及續書，再參考《唐會要》《續通典》及唐人文集加以補正，故名重編。這就説明，唐代的一些「登科記」，此時還完整地保存着，只是由《因話錄》作者趙璘編纂的《登科記》，已經遺佚而不見於書目著錄了。

後代記載登科之事最為完備的材料當推馬端臨《文獻通考》。此書卷二九《選舉考》二中有一份《唐登科記總目》，載唐初至昭宗天祐四年（九零七）歷年登科人數，末稱「右唐二百八十九年逐歲所取進士之總目」。這個總目之中沒有包括明經、制舉這兩種也很重要的科目的中舉人數，但如有關秀才科的興廢與中舉者的人數等有關材料，則由此書得以保存。看來馬端臨還能看到不少唐代的「登科記」以及宋代樂史等人的有關著作，才能做出這樣詳細的記錄。

明代萬曆時，徐應秋撰《玉芝堂談薈》三十六卷，也保存着許多唐人登科的材料，中如《歷代狀元》等記載，如果不是見到大量的原始資料，那是編纂不出來的。由此可知，時至明代後期，尚能見到數量眾多的唐人登科的文獻。

經過歷史的淘汰，唐人和宋人所編的「登科記」的原貌已經難於見到，然而王懿榮刻《天壤閣叢書》，於《莆陽黃御史集》後附正德本《別錄》一卷，內附有關黃滔登科的冊頁一幅，保存着某種《唐登科記》的原貌，今將此頁轉錄如下：

唐登科記

卷第八

乙卯乾寧二年刑部尚書崔凝下進士二十五人

觀人文化成天下賦　內出白鹿宣示百僚詩

張貽憲　盧　贍　李光序　韋　説　崔　賞

封　渭　盧　鼎　趙觀文　鄭　稼　黃　滔

李　樞　韋希震　孫　溥　蘇　諧　王貞白

程　晏　張　蠙　陳　饒　崔仁寶　盧　賡

崔　礪　沈　崧　李　途　杜承昭　李龜正

當年放榜二月九日宣詔翰林學士陸扆秘書監馮

後闕

除此之外，宋代還有一些關於科舉的著作，如記科名分定的《科名分定錄》，記名諱的《諱名錄》等，都與「登科記」有關。這些都是記載登科之事各類著作中的支流別派。

時至清代道光年間，徐松博徵載籍，編成《登科記考》三十卷，對此問題做了全面而深入的考訂，給後人提供了一份至可寶貴的研究成果。

徐松以為《文獻通考》中的那份唐登科記總目採用了樂史的書，於是以其著錄的科名、人物為綱，按年分列。首舉當年有關科舉的大事，如詔令、章奏、貢舉等，後列秀才、孝廉、進士、明經、宏辭、拔萃、制科等及第人名，而以進士為主。徐松博採兩《唐書》《唐會要》《文苑英華》《冊府元龜》《玉海》《太平廣記》《永樂大典》及唐宋以來文集、筆記、詩話、方志等大量材料，將有關人員的事跡註其名下，還將應試者的詩賦附於其後。一編在手，唐人科舉的情況，大致可以掌握。徐松還將他對某些具體問題的研究成果用考證和按語的方式註出，足供讀者參考。如卷五開元五年（七一七）博學宏辭科下加按語曰「按博學宏辭科置於開元十九年，則此猶制科也」。又如卷一一大曆十四年（七七九）獨孤綬中進士第，又中博學宏辭科，其下都有詳盡的考證。唐人年內連捷者不多，徐氏於此做出說明，可解讀者疑惑。

全書編排，卷一至二四為唐代部份；卷二五、二六為五代部份；卷二七為登第年代不詳的人物，按科目為類，按大概能推知的時代為序；卷二八至三〇為「正史、稗官及唐人藝文之涉貢舉」的各種文獻，謂之「別錄」，均為研究唐代科舉的有用材料。書前有凡例十九則，內有徐松的許多研究心得，值得參看。

徐松注意研究唐人科舉問題時，正任《全唐文》館提調及總纂。他利用當時圖書資料方面的優越條件，大量發掘《永樂大典》中的材料，如其中的許多方志，均為宋元舊本，記載當地士人應舉之事，不見他書記載，這些方志今天很多已失傳，也就顯得特別可貴。

徐松還廣泛運用《文苑英華》中保存的省試（州府試附）詩賦推斷作者的及第年代。這些詩賦，一般認為文學價值不高，向來不受重視，然而根據詩賦題目卻可以推知作者應試年代。《唐會要》卷七六《貢舉中．緣舉雜錄》：「興元元年，中書省有柳樹，建中末枯，至是再榮，人謂之瑞柳，禮部侍郎呂渭試進士，以『瑞柳』為題，上聞而惡之。」此事不載年月，然可考知。查《唐語林》卷八記「神龍元年已來累為主司者，……呂渭三，貞元十一年、十二年、十三年。」徐松據《永樂大典》引《閩中記》「陳詡字載物，貞元十三年及第」，又據《永樂大典》引《宜春志》「貞元十三年，宋迪登進士第」，知陳詡、宋迪均為呂渭於貞元十三年知貢舉時門下士，而《文苑英華》卷八七載陳詡《西掖瑞柳賦》，又與前「瑞柳」之說呼應；其前尚載郭炯《西掖瑞柳賦》（以「應時呈祥，聖德昭感」為韻），可知郭炯亦為同年進士。《文苑英華》卷一八八尚載陳詡、宋迪《龍池春草》詩，可知此乃該年試題；又二人之後尚有万俟造《龍池春草》詩，可知此人也是同年進士。

由於卷帙浩繁，問題複雜，《登科記考》中不可避免地也會存在一些遺漏和錯誤。例如《唐才子傳》卷一記盛唐詩人劉昚虛為「開元十一年徐徵榜進士」，同書卷二記劉長卿於「開元二十一年徐徵榜及第」，進士例不得再舉，故知前文「十」前誤奪「二」字，劉昚虛當於開元二十一年及第。《登科記考》漏列這一重要詩人。諸如此類，後人起而補正者頗多。

記錄唐代科舉的專著，有五代王定保《唐摭言》十五卷，裏面有一些道聽途說的成份，不盡可據，但畢竟是當代人的原始記錄，後人自當重視。今人程千帆的《唐代進士行卷與文學》和傅璇琮的《唐代科舉與文學》也足資參證。

王應麟《困學紀聞》卷一四曰：「按《館閣書目》，《諱行錄》一卷，以四聲編登科進士族系、名字、行第、官秩，及父祖諱、主司名氏。」而唐人又有以排行稱呼的習慣，於是杜二、李十二、岑二十七、高三十五等名字，屢見唐人詩文，造成後人閱讀上的很多困難。岑仲勉著《唐人行第錄》，對此進行綜合研究，得出了許多可信的結論，給予讀者很大的方便。

書目

唐代有哪些詩人？他們的作品有多少？這些在書目中都有所反映。唐宋時期的書目豐富而多樣，記載頗為詳備，據以考史，可徵詩人作品的存佚，可考詩人生平的梗概，研究唐詩，必須具有書目方面的知識。

胡震亨《唐音癸籤》卷三〇曰：「唐人集見載籍可採據者，一曰《舊唐書·經籍志》，一曰《新唐書·藝文志》，一曰《宋史·藝文志》，一曰鄭樵《通志·藝文略》，一曰尤氏《遂初堂書目》，一曰馬端臨《文獻·經籍考》；端臨所引書又二，一曰晁公武《讀書志》，一曰陳直齋《直齋書錄解題》。此數書者，唐人集目盡之矣。」隨後他就校除重複，參合有無，依世次先後，具列卷目，以供讀者參考。

胡氏上述說明及所編集目，值得參考。但鄭樵《通志·藝文略》只是照抄前人著錄，少所增益；馬端臨《文獻通考·經籍考》中有關唐人詩集的說明，主要引用晁、陳二家之說；尤袤《遂初堂書目》記載過份簡單，雖以記錄版本為特點，但有關唐人詩集的記載不多，所以研究唐詩，應該重視《舊唐書·經籍志》《新唐書·

藝文志》《宋史・藝文志》、晁公武《郡齋讀書志》（全稱《昭德先生郡齋讀書志》）和陳振孫《直齋書錄解題》五種書。此外還應注意王堯臣《崇文總目》。

編纂書目之事常帶有繼承性，後起的某一目錄，經常是在擷取前人某種目錄成果的基礎上累積而成。例如毋煚曾參加由馬懷素、元行沖等先後負責編寫的《群書四部錄》二百卷的工作，《舊唐書・經籍志》引毋煚序，指陳此書未愜之處有五，故另編《古今書錄》四十卷。毋煚為初盛唐之交的人，所能著錄者，限於初唐時期的著作，但他與作者多同時，記載也就比較可信，其內容接近初唐時期著作的原貌。《舊唐書・經籍志》即抄撮《古今書錄》而成，所以並未反映唐人著述的全貌。

《新唐書・藝文志》的文獻價值比《舊唐書・經籍志》要高。一代著述，記載比較完整，而且還將一些有用資料附於有關著作之下，如《藝文志》集部別集類載《包融詩》一卷，註云：「潤州延陵人，歷大理司直。二子何、佶齊名，世稱『二包』。何，字幼嗣，大曆起居舍人。融與儲光羲皆延陵人，曲阿有餘杭尉丁仙芝，緱氏主簿蔡隱丘，監察御史蔡希同，渭南尉蔡希寂，處士張彥雄、張潮，校書郎張暈，吏部常選周瑀，長洲尉談戴，句容有忠王府倉曹參軍殷遙，硤石主簿樊光，橫陽主簿沈如筠，江寧有右拾遺孫處玄、處士徐延壽，丹徒有江都主簿馬挺，武進尉中堂構，十八人皆有詩名。殷璠匯次其詩，為《丹楊集》者。」可以說是關於當時東南地區這一文人集團活動情況最為詳細的記錄。

又如蕭楚材其人，傳世僅有《奉和展禮岱宗涂經濮濟》一詩，《全唐詩》小傳曰：「高宗時，為太常博士。」這是根據《新唐書．藝文志》史部儀註類《永徽五禮》下原註而得知的。蕭楚材的生活年代及交往，均僅見於此。

宋仁宗時期王堯臣主持編寫的《崇文總目》六十六卷，是我國最早出現的一部獨立成書的目錄。歐陽修也參加了這一工作。今所傳者，乃經後人輯錄之本，已經佚去序釋部份，但大體上仍保持全書面貌。其中關於唐人文集部份的記載，反映了由唐入宋後的變化，由於北宋之時沒有發生大的變亂，因此這一階段唐人文集的傳播情況，可從此書約略窺知。

《崇文總目》所著錄者截止於宋初，徽宗時以續得之書增入，更編《秘書總目》（卷數不詳）。孝宗時有陳騤主編的《中興館閣書目》七十卷，寧宗時有張攀主編的《中興館閣續書目》三十卷。元初修《宋史》，依據上述四種書目，刪除重複，又添入《宋中興國史藝文志》（卷數不詳）中著錄的一些典籍，成《宋史．藝文志》八卷。以上各書，除《崇文總目》外，均已散佚，但後人有輯本。《宋史．藝文志》

的編寫人員沒有見過原書，在改編上述書目時工作也很草率，故內容頗為蕪雜，如《魚玄機詩集》誤作《魯玄機詩集》之類。只是此書畢竟根據宋代文獻編成，還是可以從中了解唐代文人著作在宋代流傳的情況。

晁公武和陳振孫都是南宋時期的著名藏書家。他們在讀過收藏的書後，都寫有提要。這是我國目錄書中保留提要的兩部重要著作，特別是二人對唐代文士的記載，由於年代接近，了解更多，所作的記錄更顯得可貴。

他們常是記下唐代詩人的姓名字號、郡望籍貫、登第年代、仕官履歷，有的地方還介紹詩人群體，或文集版本，所加的評語，也足資參考。

晁公武《郡齋讀書志》（袁州本）卷四中敍許渾《丁卯集》二卷曰：「右唐許渾，字仲晦，圉師之後，大和六年進士，為當塗、太平二令，以病免，起潤州司馬。大中三年為監察御史，歷虞部員外，睦、郢二州刺史。嘗分司於朱方。丁卯，潤自編所著，因以名。賀鑄本跋云：『按渾自序集三卷五百篇，世傳本兩卷三百餘篇，求訪二十年，得沈氏、曾氏本，並取《擬玄、天竺集》校正之，共得四百五十四篇。』予近得渾集完本，五百篇皆在，然止兩卷。唐《藝文志》亦言渾集兩卷，鑄稱三卷者，誤也。」《崇文總目》著錄許渾集亦三卷，不知是否即渾自序之本？晁氏之說尚可商榷。但此詳細的記敍，仍有其不可忽視的價值。

又如陳振孫《直齋書錄解題》卷十九敍《賈長江集》十卷曰：「唐長江尉范陽賈島閬仙撰。韓退之有《送無本》詩，即其人也。後返初服，舉進士不第。文宗時作飛謗，貶長江。會昌初以普州參軍卒。本傳所載如此。今遂寧刊本首載大中墨制云：『比者禮部奏卿風狂，且養疾關外，今卻攜卷軸潛至京城，遇朕微行，聞卿諷詠，觀其志業，可謂屈人，是用顯我特恩，賜卿墨制，宜從短簿，別俟殊科。』與傳所稱誹謗不同。蓋宣宗好微行，小說載島應對忤旨，好事者撰此制以實之，安有微行而顯著訓詞者？首稱『奏卿風狂』，尤為可笑，當以本傳為正，本傳亦據墓誌也。唐貴進士科，故《志》言責授長江，如溫飛卿亦謫方城尉，當時謂『鄉貢進士，不博上州刺史』，則簿尉固宜謂之責授。若使今世進士得罪而責授簿尉，則惟恐責之不早耳。」從中不但可知賈島生平，還可了解到唐代的一些有關傳說，並可推知唐宋兩代士子地位的不同。

陳書中還附有隨齋（程棨）的一些批註，間有精彩之處，如《直齋書錄解題》卷一五敍《極玄集》一卷，「唐姚合集王維至戴叔倫二十一人詩一百首，曰：『此詩家射雕手也。』」隨齋批註曰：「《姚氏殘語》云：『殷璠為《河嶽英靈集》，

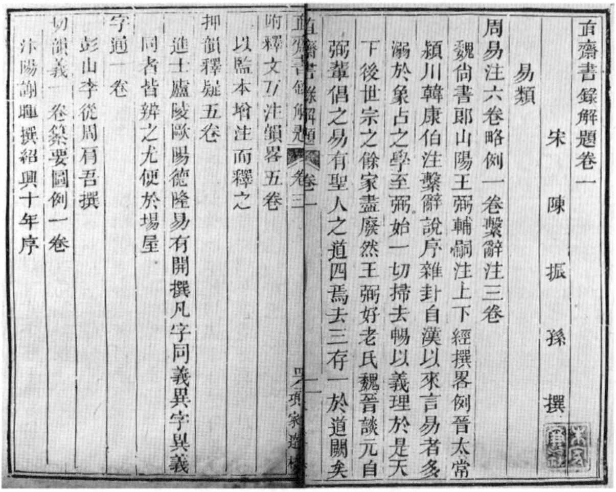

直齋書錄解題卷一

宋 陳振孫 撰

易類

周易注六卷略例一卷繫辭注三卷

魏尚書郎山陽王弼輔嗣注上下經撰畧例晉太常潁川韓康伯注繫辭說序雜卦自漢以來言易者多溺於象占之學至弼始一切掃去暢以義理於是天下後世宗之餘家盡廢然王弼好老氏魏晉談元自弼輩倡之易有聖人之道四焉去三存一於道闕矣

昀釋文[illegible]注頌畧五卷

以監本增注而釋之

押韻釋疑五卷

進士廬陵歐陽德隆易有開撰凡字同義異字異義同者皆辨之尤便於場屋

字通一卷

彭山李從周肩吾撰

切韻義一卷纂要圖例一卷

汴陽謝聰撰紹興十年序

陳振孫《直齋書錄解題》

不載杜甫詩；高仲武為《中興間氣集》，不取李白詩；顧陶為《唐詩類選》，如元、白、劉、柳、杜牧、李賀、張祐、趙嘏皆不收；姚合作《極玄集》，亦不收杜甫、李白，彼必各有意也。』」這一提示，不是富有啓發性，值得深入鑽研的嗎？

《郡齋讀書志》傳世者有兩種，刻於袁州者凡四卷，世稱袁州本；刻於衢州者凡二十卷，世稱衢州本。王先謙以袁本校衢本，著其異同，仍依衢本為二十卷，並將趙希弁《附志》附後，最便應用。《直齋書錄解題》有徐小鑾、顧美華點校本，亦便使用。

繼晁、陳二書之後，附有提要的書目，自然要推清代的《四庫全書總目》為最重要。該書卷一四九至一五一，即集部別集類二至四中，共錄唐人文集九十一種，逐一做出分析，舉凡作者事跡、作品成就、後人評價等，大都扼要，值得參考。有的著作，如仇兆鰲的《杜詩詳注》等，則是後代註釋唐詩的名著。又《四庫全書總目》卷一七四集部別集類存目一中還錄有唐呂從慶《豐溪存稿》一卷與《譚藏用詩集》一卷、集外詩一卷，以及唐人文集的註解本多種。此外，在總集類和詩文評類中，還介紹了唐人著作多種。

《四庫全書總目》具有很高的學術價值，但它畢竟成書倉遽，疵病亦復不少。余嘉錫的《四庫提要辨證》和胡玉縉撰、王欣夫輯的《四庫全書總目提要補正》繼之而起，余書對此全面進行清理，對唐人文集二十種、總集四種、詩文評兩種做了詳細的辯證，語皆精到，理當並讀。胡玉縉、王欣夫都是偏重版本的學者，他們引用這方面的文字綴於各家文集之下，着重論證版本異同方面的問題，和余氏的著作有所不同。

編纂《四庫全書》時，儘管以皇帝的聲威號召天下呈上各種集子的善本，取得了很大的成績，但一時搜求很難齊全，所得的書還是有限的。要想全面了解版本方面的問題，勢必要找另外專門記述的書來參看。邵懿辰撰、邵章續錄的《增訂四庫簡明目錄標注》二十卷首應重視。此書對經、史、子、集四部典籍的版本一一做了詳細的著錄，還附清代諸名家的批註，包涵甚豐，頗便應用。唐詩集子的版本問題，也可從中得到指引。今天孫殿起的《販書偶記》及《續編》，專收《四庫全書》未收之本，可接續邵書，補其不足。《中國叢書綜錄》中的唐人文集部份，則將散在各種叢書中的大部份的刻本集中做了介紹。讀者利用上述諸書，也就可以較快地了解到唐詩的存佚和版本的異同問題。

今人萬曼的《唐集敍錄》著錄有傳本的唐人詩集、文集、詩文合集共一百零八家，對這些唐人別集的著者、書名、卷數、成書年代、編輯、刊刻、收藏等項做了詳盡的介紹，對各集的版本源流、體例和流傳演變做了細緻的考核，引用了不少目錄方面的材料，以及眾多版本學家的研究成果。對於研究唐詩的人來說，也很有用處。但萬氏未必一一看過原書，因而據此研究版本問題時，還應找原書驗證，才能避免錯誤。

詩話

我國古代文人通常喜歡運用「詩話」這種體裁表達文學見解。許顗《彥周詩話》曰：「詩話者，辨句法，備古今，記盛德，錄異事，正訛誤也。」說明這類作品內容很龐雜，而形式則是很活潑的。唐詩的創作成就極為偉大，但詩人所積累的豐富經驗卻未能及時總結，從現存的一些「詩格」「詩式」「詩例」之類的著作來看，大都偏於形式技巧方面細枝末節上的研討，專在對偶、聲律、體勢上下功夫，諸如五格、十七勢、二十式、二十八病、二十九對、四十門等等，細碎煩瑣，對指導創作未必有大的幫助。但這畢竟大都是唐人的著述，還是反映了唐代詩學的一個方面，對研究六朝至唐的修辭、詩律和文學批評都有參考價值。

中唐時期的日僧空海（七七四—八三五），法號遍照金剛，追封弘法大師，利用旅華時期得到的崔融《唐朝新定詩格》、王昌齡《詩格》、元兢《詩髓腦》、皎然《詩議》等書，編纂成《文鏡秘府論》六卷，保存了許多失傳的文獻，為後人研究文學理論和創作技巧問題提供了許多寶貴的資料。此書今有王利器《文鏡秘府論校注》、日本興膳宏《文鏡秘府論譯注》加以闡發，都很詳備，可以參看。

唐代還有一些小說體裁的著作，如范攄《雲溪友議》、孟棨《本事詩》等專門記載詩人故事，因而有人認為應該歸入詩話一類。這類書籍對擴大唐詩的影響起了積極的作用，但所記的事卻不一定可靠。作者囿於見聞，又受傳奇的影響，往往隨意渲染，不顧事實。例如《雲溪友議．窺衣帷》敍元載之妻激勵丈夫成名的故事，范攄把元載之妻記作王縉相公之女，王維右丞之侄，是顯而易見的錯誤。《劉公嘉話錄》敍此作「四道節度使女」，可知元載之妻的父親乃開元時期的名將王忠嗣，這點新、舊《唐書．元載傳》中均有記載。

南宋之時，出現了記述唐詩文獻的名著——計有功《唐詩紀事》。此書共八十一卷，收詩人一千一百五十家，為後人研究唐詩提供了極為重要的材料。

計有功在《自序》中說，他「閒居尋訪，三百年間文集、雜說、傳記、遺史、碑誌、石刻，下至一聯一句，傳誦口耳，悉搜採繕錄；間捧宦牒，周遊四方，名山勝地，殘篇遺墨，未嘗棄去」。因此書中記載了很多著名詩人的事跡，也保存了很多不太知名的詩人及作品。這些作家作品，假如計有功不去努力搜求，就會湮沒無聞，而他採錄的大量文獻，有些也已遺失，僅靠此書流傳。例如張為的《詩人主客圖》一書，開後世詩派說之先河，然無完整的本子傳世，《唐詩紀事》保存此書原序，《四庫全書總目》因稱「獨借此編以見梗概，猶可考其孰為主，孰為客，孰為及門，孰為升堂，孰為入室，則其輯錄之功，亦不可沒也」。

計有功採取逢人必錄、以人為綱的方式編纂，不論全篇或殘句，不論本事或品評，一一歸於該人名下，還略敘其世系爵里和生平經歷，借供論世知人之需。因此，《唐詩紀事》的巨大貢獻就在保存原始資料，而作者自己並沒有發表甚麼評論性的意見。

因為材料來源龐雜，清理不易，書中的疏誤之處亦復不少，如誤將王績、王勣分為兩人，又把來鵠、來鵬誤作一人之類。材料引證錯誤和書寫錯誤之處也不少。今人王仲鏞《唐詩紀事校箋》做了大量的材料溯源和訂正文字的工作，有功此書匪淺。

宋代詩話之多，內容之豐富，無法一一詳論。何文煥編《歷代詩話》，丁福保編《歷代詩話續編》，郭紹虞編《宋詩話輯佚》，集中了宋代有代表性的詩話，便於閱讀。此外，宋代還有三部篇幅很大的詩話總集，對研究唐詩也有用處。

阮閱編《詩話總龜》，時在北宋；胡仔編《苕溪漁隱叢話》，時在南宋初年，兩書所收的材料，當然以北宋人的撰述為主。阮閱編書時，因黨禁而不用元祐諸人文章，胡仔繼此而作，彌補了這方面的缺憾。此書分兩次編成刊出，《前集》六十卷，《後集》四十卷，體例一致。評論對象，以歷代重要詩人為主。唐五代列李白、杜甫、韓愈、白居易及楊凝式、羅隱等人，內以有關杜甫的文字為多。引用材料很豐富，且有所別擇，較為精當。

南宋魏慶之編《詩人玉屑》二十一卷，搜集的材料以南宋人的詩論為多，可與《苕溪漁隱叢話》中的材料互補。此書分門別類輯錄宋人詩論，以研究創作技巧為主，與胡仔之書有所不同。前十一卷分論詩法、詩體、句法、造語、屬對、點化、詩病等項，意在指示學詩門徑，第十二卷以下則按時代品藻古代詩作與著名詩人，意在樹立典範。唐代詩歌，上起李白，下至晚唐，採擇有關的評論文字，頗為精要，例如王維之下有子目曰「輞川之勝」，「詩中有畫畫中有詩」，「造意之妙與造物相表裏」，「晦庵謂詩清而少氣骨」。這些對研究王維詩歌的特點顯然有啓示作用。

《詩話總龜》的性質較為複雜，在流傳過程中，經過後人改編，已失原貌。《前集》五十卷，當仍為阮書之舊；《後集》五十卷，基本上是《苕溪漁隱叢話》《苕溪詩話》《韻語陽秋》三書的雜湊，當出書賈之手，絕非阮書之舊。以《前集》論，分類編排，多錄雜事，猶如一部有關詩話的類書。所引著作，有的已失傳，故以資料而言，其價值不在《苕溪漁隱叢話》《詩人玉屑》之下。讀者耐心發掘，可以解決唐詩研究中的一些複雜問題。例如《因話錄》的作者趙璘、孫光憲《北夢瑣言》卷一〇說是「璘甚陋，裴公（坦）戲之」。但他長得究竟怎樣，可缺乏記載。《詩話總龜》卷三九《譏誚門》下記曰：「趙璘儀質麼陋，第名後赴姻禮，儐相以詩嘲之，曰：『巡關每傍樗蒲局，望月還登乞巧樓。第一莫教嬌太過，緣人衣帶上人頭。』又曰：『不知元在鞍橋裏，將謂空馱席帽歸。』又曰：『火爐床上平軀立，便與夫人作鏡台。』」此一記載當出《抒情詩》（《太平廣記》卷二五七引），知儐相為薛能。可徵趙璘身軀特別矮小，所以經常遭到人們嘲弄。查《唐詩紀事》卷三五《陸暢》名下有云：「趙麟儀質瑣陋，成名後，以薛能為儐相。能詩曰：『第一莫教蛛太過，緣人衣帶上人頭。』又『火爐床上平身立，便與夫人作鏡台。』或曰：暢羨而能罵。」趙麟顯為趙璘之誤。據上可知，趙璘於大和八年應進士舉試及第，後即赴姻禮，薛能以詩嘲之。《全唐詩》卷五六一亦載薛能《嘲趙璘》詩，其他殘句失載。薛詩首句作「巡關每傍樗蒲局」，則是此公還嗜好賭博。輾轉互證，可對趙璘的情況和當時文人善謔的風氣增進了解。

宋代詩話，以其影響之大而言，首推嚴羽《滄浪詩話》。作者批判了江西詩派

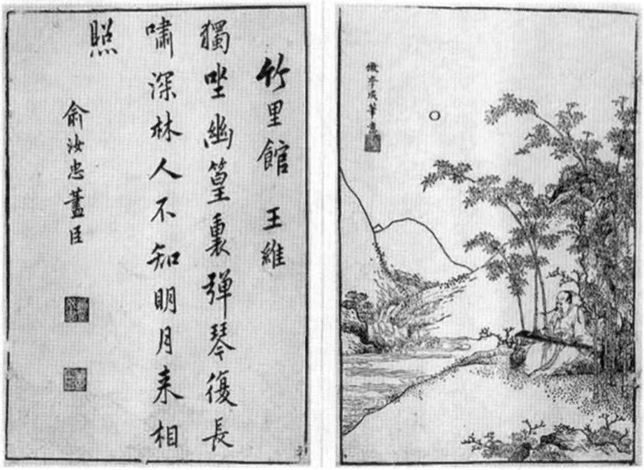

唐詩畫譜

的流弊，也反對南宋時期江湖四靈的宗尚晚唐之風，「故予不自量度，輒定詩之宗旨，且借禪以為喻，推原漢、魏以來，而截然謂當以盛唐為法」。

唐詩是我國詩歌史上的黃金時代，後起的一些詩派，標舉宗旨時，也大都要把唐詩的某一階段作為取向的對象。例如明代的前後七子，倡言文必秦漢，詩必盛唐；繼之而起的公安、竟陵，改途易轍時，也就傾心於白居易的淺易詩風和賈島的僻苦之作了。

明初高棅編選《唐詩品彙》九十卷，以嚴羽的理論為指導，進一步將唐詩分為初、盛、中、晚四個時期，有助於唐詩發展階段的研究，儘管後代一直有人表示異議，但這一學說明晰地勾出了唐詩發展的輪廓，因而一直為後世所沿用。

這裏涉及中國文學批評史上的一種特殊現象。有一些文學理論家，並不採用理論著作的形式表達見解，而是編選一部書，通過具體作品的去取，表明導向。清初王士禛倡神韻說，他就編了一部《唐賢三昧集》，專選王孟一派的神韻綿邈之作，借以表達他崇尚意在言外含蓄不盡的旨趣。沈德潛倡格調說，他就編了一部《唐詩別裁集》，大量選入杜甫等人大聲鏜鞳的詩作，借以表達他崇尚氣象恢宏聲調高昂的旨趣。不了解唐詩中這些流品，也就不能深刻體會各個詩派的宗旨；反過來說，如果不了解中國詩史上的源流派別，也就不能深刻地理解每一位具體的唐代詩人。

說到選本，當然首先應該重視唐人選唐詩，如殷璠的《河嶽英靈集》，反映出了盛唐人的旨趣；高仲武的《中興間氣集》，反映出了中唐時期詩人的情趣，這些都是研究唐詩的重要讀物。而如殷璠之評儲光羲曰：「璠嘗睹公《正論》十五卷、《九經外義疏》二十卷，言博理當，實可謂經國之大才」，可知儲光羲在經學和子書上有專著，不僅長於寫詩；又如《極玄集》敍李端曰：「與盧綸、吉中孚、韓翃、錢起、司空曙、苗發、崔洞、耿湋、夏侯審唱和，號十才子。」可說是有關大曆十才子的幾種異說之中最可信的一說，由此均可覘知唐人選本之可貴。

至於說到研究唐詩的專著，則可注意胡震亨的《唐音癸籤》一書。此書共三十三卷，原是《唐音統籤》中的一個部份。胡震亨在編纂這一空前巨著的過程中，積累了豐富的材料，進行了深入的研究，於是將個人心得寫成此書，附於全書之末。後來單刻傳世，流行遂廣。胡震亨對唐詩的源流演變，體制的形成發展，作家的風格異同，創作的形式技巧，以及音樂和文學的關係，常用詞彙的詮釋，一一做了系統的論述。最後還對唐詩的別集、總集、選集，以及有關的詩話、註本、金石等項逐一做了介紹，有的還列有綜合目錄，更便參覽。

明人胡應麟的《詩藪》一書，也應重視。此書為通論歷代詩歌之作，共二十卷。內編六卷，分論古近體詩；外編六卷，分論歷代詩歌。二者之中，論及唐代詩歌的體制和詩人的成就得失者，語皆精到，讀之有益。

藝術

詩書畫的原理是相通的。唐代一些著名的詩人，往往具有多方面的藝術修養，他們或是能詩善書，或是兼通詩畫，而且詩人大都熱愛藝術，因而詩集之中常有一些品評書畫的文字。只是有關詩人的記載，對他們同時精通其他藝事，每每缺乏完整的介紹，這就限制了後人的視野，不能全面了解這些詩人的成就，也無法了解他們觸類旁通的根本原因。好在唐宋兩代留下幾種藝術類的著作，或記書畫家的事跡，或記書畫真跡的流傳，提供了那些詩人而兼通藝事者的研究資料。

大家知道，王維多才多藝，除了詩才出眾外，兼通音樂，在繪畫上也有突出的地位，因此在張彥遠《歷代名畫記》、朱景玄《唐朝名畫錄》、闕名《宣和畫譜》、郭若虛《圖畫見聞志》等書中都有記載。讀了這方面的文字之後，對王維其人也就會有更深的認識。《唐朝名畫錄》把他的畫列入妙品，說是「復畫《輞川圖》，山谷鬱鬱盤盤，雲水飛動，意出塵外，怪生筆端」，這裏所描述的，和他輞川所作的詩意境相通。閱讀這一文字，有助於加深對王詩的理解。

和王維交情頗深的詩人張諲，在文壇上也頗有聲名，所以《唐詩紀事》卷二〇、《唐才子傳》卷二都立有專傳，可惜其詩今已隻字無存。《歷代名畫記》卷一〇曰：「張諲，官至刑部員外郎，明《易》象，善草隸，工丹青，與王維、李頎等為詩酒丹青之友，尤善畫山水。王維答詩曰：『屏風誤點惑孫郎，團扇草書輕內史。』李頎詩曰：『小王破體閒文策，落日梨花照空壁。書堪記室妒風流，畫與將軍作勍敵。』」原來計有功、辛文房二人就是據此錄入的。李頎之詩今已不存，《全唐詩》據此輯得殘詩四句。

王維《江干雪霽圖》（局部）

《歷代名畫記》上的有些記載，還能糾正後人一些傳統觀念上的偏差。該書卷九記李思訓一家的畫藝，備致推崇之意。原來北宗畫派的首創者李思訓「即林甫之伯父，早以藝稱於當時。一家五人，並善丹青，世咸重之」。原註：「思訓弟思誨，思誨子林甫，林甫弟昭道，林甫侄湊。」張彥遠還說：「李林甫亦善丹青，高詹事與林甫詩曰：『興中唯白雲，身外即丹青。』余曾見其畫跡，甚佳，山水小類

《文苑圖》

李中舍也。」上舉詩句見高適《留上李右相作》中，可見當時李林甫即以善畫享有聲名。

但這與史書上的記載很不一致，《新唐書．李林甫傳》上説他「無學術，發言陋鄙，聞者竊笑。善苑咸、郭慎微，使主書記」。《舊唐書》記載相同，還舉了兩個讀別字的笑話作為佐證。然而這種記載頗可懷疑。因為《全唐詩》卷一二一錄有李林甫《送賀監歸四明應制》《奉和聖制次瓊岳應制》《秋夜望月憶韓席等諸侍郎因以投贈》三詩。一般說來，應制之作必須當場繳卷，這就不大可能叫人代筆。二詩固然不能算是佳作，但也不可能是錯別字連篇的人所能寫得出來的。《秋夜望月》詩稍有可觀，發端數句「秋天碧雲夜，明月懸東方。皓皓庭際色，稍稍林下光。桂華澄遠近，璧彩散池塘……」，立意措辭頗近六朝，這與高詩所贊「興中唯白雲，身外即丹青」相合，又與他精於山水畫的記載一致。我國史學向來重視道德評價，像李林甫這樣的元惡大憝，對之當然要力加醜詆了。張彥遠似僅以藝術的眼光論畫，他的記載比較真實可信。

在唐人的題畫詩中，杜甫創作最多，成就最高，其《題壁上韋偃畫馬歌》《戲題王宰畫山水圖歌》《戲韋偃為雙松圖歌》《姜楚公畫角鷹歌》《觀薛少保書畫壁》《通泉縣署薛少保畫鶴》《丹青行贈曹將軍霸》《韋諷錄事宅觀畫馬圖》等，膾炙人口。裏面提到韋偃、王宰、姜皎、薛稷、曹霸、韓幹等人，有關唐人書畫的書中都有記載，可與詩中所言互參。朱景玄《唐朝名畫錄》稱王宰「畫山水樹石出於象外」，並引杜詩為證，又舉他在席夔舍人廳上見到的圖障和在興善寺見到的畫四時屏風為證。這些記載能使讀者加深對杜詩的領會。而張彥遠《歷代名畫記》卷九敍韓幹時，亦引杜詩為證，且駁之曰：「彥遠以杜甫豈知畫者？徒以幹馬肥大，遂有

『畫肉』之誚。古人畫馬有《八駿圖》，或云史道碩之跡，或云史秉之跡，皆螭頸龍體，矢激電馳，非馬之狀也。晉宋間顧、陸之輩，已稱改步；周、齊間董、展之流，亦云變態，雖權奇滅沒，乃屈產蜀駒，尚翹舉之姿，乏安徐之體，至於毛色，多騧騮騅駁，無他奇異。玄宗好大馬，御廄至四十萬，遂有沛艾大馬，命王毛仲為監牧，使燕公張説作《駉牧頌》。天下一統，西域大宛歲有來獻，詔於北地置群牧，筋骨行步，久而方全，調習之能，逸異並至。骨力追風，毛彩照地，不可名狀，號『木槽馬』。聖人舒身安神，如據床榻，是知異於古馬也。時主好藝，韓君間生，遂命悉圖其駿，則有玉花驄、照夜白等，時岐、薛、寧、申廄中，皆有善馬，幹並圖之，遂為古今獨步。」這裏他是從畫馬的歷史着眼，論證韓幹的創新意義，並且注意到了實物寫生的特點，才做出評價的。范文瀾據此評議道：曹霸遵守傳統的手法，側重刻畫馬的筋骨，畫出來的是瘦馬。杜甫的評論代表傳統的看法。韓幹畫的是「翹舉雄傑」的大馬，具有盛唐的時代風格。張彥遠對杜甫的批評實際上是兩種不同觀點的反映。

張彥遠於大中元年（八四七）撰《歷代名畫記》十卷，是唐代畫論和畫史中最重要的一部專著。他是「三代相門」（張嘉貞、張延賞、張弘靖）的後裔，歷代收藏書畫真跡很多，本人也善書畫，學識淵博，交遊廣闊，記載當代書畫名家的事跡，真實可信，評價亦允當。他還編有《法書要錄》一書，把唐代一些書法理論家的著作匯合在一起，內如何延之〈蘭亭記〉一文，記載蕭翼喬裝至辯才處騙取《蘭亭》真本之事，還保留了兩首僅見於此文的詩。

除上述幾種藝術門類的書籍外，還有僧適之《金壺記》三卷、陳思《書小史》十卷、朱長文《琴史》六卷等，都記有唐代若干精於藝事的人物，可參看。

地志

唐人記載當代地理的文獻，今天還能看到的，主要有唐初魏王李泰領銜實由蕭德言等編纂的《括地志》（已殘，今存輯本），盛唐時期杜佑《通典》中的《州郡》；中唐時期李吉甫編纂的《元和郡縣志》，以及《舊唐書》和《新唐書》中的《地理志》。唐代州郡設置前後變化很大，這些著作恰好代表了各個階段的建置，如《括地志》分全國為十道，共三百六十州，反映了唐初的情況。《通典·州郡》分全國為十五道，共三百二十八郡，反映了天寶年間的情況。《元和郡縣志》把州郡歸屬於方鎮的統轄之下，反映了憲宗時期的情況。兩《唐書·地理志》都把全國分為三百四十六州，反映了唐代末年的情況。同一州郡，前後歸屬不一，研究唐代詩人的籍貫和活動區域，應該注意這些地方當時的歸屬，再到相應的地志中去檢核。

這些書中，尤以《元和郡縣志》和《新唐書·地理志》二者為重要。前書以當時四十七節鎮為準，分鎮記載府、州、縣的等級，戶、鄉的數目，以及沿革、山川、道里、貢賦等項，記載詳盡，內容豐富。《新唐書·地理志》的記載很有條理，敍歷史沿革，各地方物，全國軍事的部署和邊境民族的分佈，以及王朝與境外的交通等，精確可據。

《新唐書》還有《方鎮表》六卷，敍述各個方鎮的置廢，區劃變更的沿革，但未列節度使或稱觀察使的任命和罷鎮年月。近人吳廷燮著《唐方鎮年表》八卷，則廣徵載籍，補列出了各個方鎮任免和遷徙的時間。

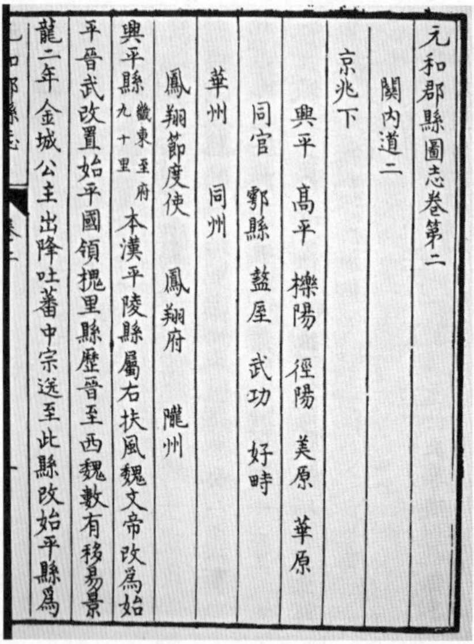
元和郡縣圖志卷第二
關內道二
京兆下
興平 高平 櫟陽 涇陽 美原 華原
同官 鄠縣 盩厔 武功 好畤
華州 同州
鳳翔節度使 鳳翔府 隴州
興平縣 畿東至府九十里 本漢平陵縣屬右扶風魏文帝改爲始平晉武改置始平國領槐里縣歷晉至西魏數有移易景龍二年金城公主出降吐蕃中宗送至此縣改始平縣爲

宋版《元和郡縣志》

《元和郡縣志》四十卷（已佚六卷）、目錄二卷，原名《元和郡縣圖志》。志文之前，繪有地圖可供對照。北宋時圖佚，但這種圖文對照的體例，後代方志一直沿襲了下來。

今日閱讀唐代詩文，需要了解唐代地理時，可以閱讀《中國歷史地圖集》第五冊（隋唐五代十國時期）。這本地圖集中了很多歷史地理學者的研究成果，用近代測繪方法製成，和前代地圖僅示輪廓者不同。唐五代時圖組，反映了這一時期的政區設置和部族分佈概貌。府、州、縣的建制，以開元二十九年（七四一）為準。《資治通鑒》天寶元年：「是時天下聲教所被之州三百三十一，羈縻之州八百，置十節度、經略使以備邊。」可以說，這是唐朝國力最為強盛的時期。初唐時期開拓的成果，此時告一小結，下一階段的政局變化，都在這基礎上進行。以此年為準，是合適的。

今人郁賢皓著《唐刺史考》十六編三百多卷，也以開元二十九年的疆域為準，分列天下各州刺史的任免和遷轉的時間。唐代詩人出任地方官的很多，刺史又是重要的官職，閱讀這一著作，便於了解某些曾任此職的詩人宦海升沉的經歷和蹤跡。

宋代初年，樂史以《元和郡縣志》為藍本，編成《太平寰宇記》二百卷。敍及的郡縣，很多是唐代原來的建置。但他在前代地志原有格局之外，又增加了歷代人物題詠，後世方志一定列有人物、藝文，即受此書影響。

查宋代方志之存於今者，約三十多種；元代方志之存於今者，約十多種。內以《四庫全書》著錄的朱長文《吳郡圖經續記》等為善。從地方來說，則以江浙一帶為多。書中的記載也時有錯誤，但修志者距離唐代還不太遠，見到的文獻也多，因而時常可以從中發現一些僅見的材料。如《全唐詩》卷八七六錄《湖蘇二郡語》：「湖接兩頭，蘇聯三尾」，乃從《南部新書》卷己錄來，文曰：「咸通末，鄭渾之為蘇州督郵，譚銖為鹺院官，鍾輻為院巡，皆廣文。時湖州牧李超、趙蒙相次，俱狀元，二郡境土相接，時為語曰云云。」錢易之書乃輯錄而成，這一民謠不知原出何書。《唐語林》卷四《企羨》《唐詩紀事》卷五六《譚銖》亦載此事，也不註出處。查范成大《吳郡志》卷一二，乃知此事原出《嵐齋集》。《新唐書．藝文志》子部小說家類載李躍《嵐齋集》二十五卷，今已散佚殆盡，僅《侯鯖錄》卷八、《邵氏聞見後錄》卷一七、《全芳備祖》前集卷一九各有引文一條，《吳郡志》中錄此佚文，提供了這一被人廣泛徵引的俗謠的原始出處。

一般說來，明清時期的人修的方志，因為見到的文獻和現在差不太多，引用的材料大都可從唐代史書和文集中見到，價值也就不太大了。只有個別博覽的學者，才能提供新的知識。如康熙年間查慎行等纂修的《西江志》卷六六引郭子章《豫章書》曰：「劉眘虛，字全乙，新吳人。」其地當今江西奉新縣。郭子章是明代著名學者，素稱博雅，記載劉眘虛的事跡，當有古代文獻作根據。殷璠《河嶽英靈集》卷上評劉眘虛曰：「頃東南高唱者數人，然聲律宛態無出其右，唯氣骨不逮諸公。」

也可用以證明劉昚虛是江西一帶的人。《唐才子傳》卷一記劉昚虛為嵩山人，顯然有誤，可據上說糾正。

有些庸濫的方志，引用前人藝文時，經常張冠李戴。現在有人致力於從方志中發掘逸詩，而又缺乏必要的考核，往往把一些仍然保存在本人文集中的詩歌作為誤標其名的詩人逸詩而收入。若要克服這類錯誤，必須查明方志作者致誤之由，而這有時反可發現一些有趣的問題。例如康熙年間馬士瓊、吳維哲等纂修之《南皮縣志》卷一《圖經．古跡》中曰：「高適故里在東南六十里，今名夜珠高家。」這就讓人感到奇怪。高適生時距此已有千年之久，前此志書於此一無記敘，不知此話何來？今知高適郡望渤海，而東漢時的渤海郡治已移至今南皮縣地，所以修志者徑將之載入。又康熙年間劉德昌等纂修之《商丘縣志》卷一八《藝文》內錄高適《送薛據之宋州》一詩，內有「我生早孤賤，淪落居此州。風土至今憶，山河皆昔遊。一從文章士，兩京春復秋」等句，似與高適生平契合。然此詩乃崔曙之作，《河嶽英靈集》卷下、《唐詩紀事》卷二〇及傳世崔曙集均載。崔曙以寫作《明堂火珠歌》享盛名，《封氏聞見記》卷四《明堂》曰：「開元中，改明堂為聽政殿，頗毀徹，而宏規不改。頂上金火珠迥出空外，望之赫然。省司試舉人，作《明堂火珠詩》，進士崔曙詩最

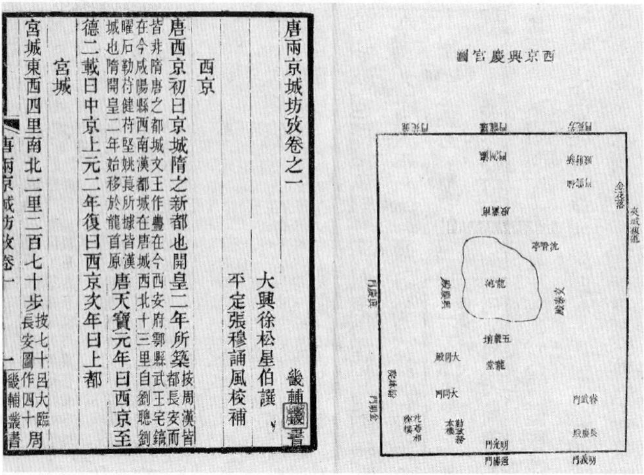
唐兩京城坊攷卷之一　畿輔叢書

大興徐松星伯譔

平定張穆誦風校補

西京

唐西京初曰京城隋之新都也開皇二年所築按周漢皆都長安而皆非隋唐之都城文王作豐在今西安府鄠縣武王宅鎬在今咸陽縣西南漢都城在唐城西北十三里自劉聰劉曜石勒苻健苻堅姚萇所據皆漢城也隋開皇二年始移於龍首原唐天寶元年曰西京至德二載曰中京上元二年復曰西京次年曰上都

宮城

宮城東西四里南北二里二百七十步按七十呂大臨長安圖作四十周

唐兩京城坊攷卷一　一　畿輔叢書

《唐兩京城坊考》

清拔。」其中警句「夜來雙月滿，曙後一星孤」，即言火珠夜中光亮異常，有似另一月亮，乃一特大之燈，故稱「夜珠」。「夜珠高家」之說，當由此而來。據此又可推知，前此當有一本唐詩合集，偶有脱佚，滅去崔曙之名，而將其詩誤綴高適名下，方志作者學識不足，而好附會，遂致產生一系列的誤説，在兩地方志中均造成混亂。

最後還可附帶介紹一下唐人稱呼方面的另一種習俗，《南部新書》卷己：「近俗以權臣所居坊呼之：安邑，李吉甫也；靖安，李宗閔也；驛坊，韋澳也；樂和，李景讓也；靖恭、修行，二楊也。」《唐語林》卷七：「元和已來，宰相有兩李少師，故以所居別之。永寧少師固言，性狷急，不為士大夫所稱；靖安少師者，宗閔也。」時人所提到的，主要是長安、洛陽兩地的城坊，坊名雜亂，讀者一時又很難了解主人是誰，這就給閱讀帶來不少困難。清代徐松撰《唐兩京城坊考》五卷，解決了不少問題，即如上舉「二楊」而言，知「靖恭」指刑部尚書楊汝士宅，汝士與其弟虞卿、漢公、魯士同居，號「靖恭楊家」；「修行」指端州司馬楊收宅，收兄發、假，弟嚴，皆顯貴，號「修行楊家」。此書前面還附有好些城坊、皇城和皇宮的地圖，甚便參覽。隨着近日考古工作的開展，兩京城坊的地理區劃更清楚了，因此最近出現的一些兩京城坊地圖，也就更為精確可據。

政典

政典之書內容包括很廣。以唐代論，正史中《舊唐書》的禮儀、職官、食貨、刑法等志，以及《新唐書》的禮樂、選舉、百官、兵等志，都可歸入政典一類。這些門類之中記述和討論的是朝廷中有關典章制度方面的情況和問題，凡是研究唐代文史的人都必然要接觸到，學習唐詩的人自不能例外。

在這些領域內，唐人有一些重要的文獻傳世，如記職官建置的《唐六典》，述唐代刑律的《唐律疏議》，錄唐代詔令的《唐大詔令集》，以及屬於典志通史的杜佑《通典》等。讀者如遇某一方面的專門問題，而新、舊《唐書》中的有關部份未能解決時，可以試在這些書中尋找答案。

「會要」這種體裁，是唐代的首創，《唐會要》一書，體例和內容都好，可稱歷代會要中的最佳之作。閱讀和研究唐詩，應當充份加以利用。

此書前後經由數人編成。《郡齋讀書後志》卷二《類書類》著錄《唐會要》一百卷，「右皇朝王溥撰。初，唐蘇冕敍高祖至德宗九朝沿革損益之制。大中七年

（八五三），詔崔鉉等撰次德宗以來事至宣宗大中六年，以續冕書，溥又採宣宗以後事，共成百卷。建隆二年（九六一）正月奏御，史簡禮備，太宗覽而嘉之。」《新唐書·藝文志》子部類書類著錄蘇冕《會要》四十卷，又有《續會要》四十卷，則由楊紹復等九人撰，崔鉉監修。王溥成書之時，宋朝立國僅兩年，可見書中的史料很多出自唐人自撰，比較可靠。

《唐會要》全書原分十五類，今僅存五百一十四目，分敍唐代政教方面的一些問題，頗為詳賅。不少類目，和文學直接有關，如「貢舉」部份，記錄了許多考試科目及重大事件，唐代詩人很多是由科舉進身的，了解這一方面的情況，也就掌握了文壇的某種動態。

又如敍述翰林院、弘文館、文學館、崇文館、集賢院、廣文館、秘書省等官署的一些文字，因任職於此者都是一些著名的文人，也就提供了不少有關詩人的動態。《唐會要》卷六五《秘書省》記「貞觀七年九月二十三日，上謂侍臣曰：『朕因暇日，每與秘書監虞世南商量今古。朕一言之善，虞世南未嘗不悦；有一言之失，未嘗不悵恨。嘗戲作艷詩，世南進表諫曰：「聖作雖工，體制非雅。上之所好，下必隨之。此文一行，恐致風靡，輕薄成俗，非為國之利。賜令繼和，輒申狂簡，而今之後，更有斯文，繼之以死，請不奉詔旨。」群臣皆若世南，天下何憂不治』」。這一番對話，真實地記錄了唐初君臣改變六朝艷體的思路，是唐代詩歌史上的一條重要史料。

《唐會要》是一部政典，只記錄與政治有關者，有關詩歌的記載較少，而且散在全書，但細加檢索，還是可以發現許多罕見的珍貴資料。如卷二七《行幸》內一則曰：「開成元年三月，幸龍首池，觀內人賽雨，因賦《暮春喜雨》詩曰：『風雲喜際會，雷雨遂流滋。薦幣虛陳禮，動天實精思。漸浸九夏節，復在三春時。霡霂垂朱闕，飄飖入綠墀。郊坰既霑足，黍稷有豐期。百辟同康樂，萬方佇雍熙』。」又卷三五《書法》內一則曰：「開成三年，以諫議大夫柳公權為工部侍郎，依前翰林侍書學士。……文宗夏日與學士聯句，上曰：『人皆苦炎熱，我愛夏日長。』公權曰：『薰風自南來，殿閣生微涼。』上吟久之，因令題於殿壁。」閱讀這些記載，有助於了解文宗的詩才、文藝愛好以及欣賞水平。

王溥還編有《五代會要》三十卷，共分十五類二百七十五目，內容與《唐會要》類同。

政書一般只記制度的沿革，不著錄具體的人事。今人嚴耕望撰《唐僕尚丞郎表》

二十二卷，對尚書省中左右僕射、左右丞、六部尚書及侍郎的人員任免與遷轉用表格的方式列出，用力甚勤。僕尚丞郎是中央官署中的重要職位，唐代詩人中曾任此職者頗多，檢閱此書，可以一目瞭然地看清這些高級官僚的沉浮和時事政局的變化。

釋道書

唐代會做詩的和尚很多，稱為「詩僧」，有的水平還很高，在詩壇上享有美譽，許多著名詩人都和他們結交。因此《唐才子傳》為靈澈、皎然立有專傳，道人靈一名下附錄維審等四十五人；《唐詩紀事》卷七二至七七共六卷，除附幾位道士外，所記都為詩僧事跡，這些都反映了唐代僧人在詩壇上的重要地位。

讀者如想了解唐代詩僧的情況，除了閱讀士人寫作的有關文字外，還應閱讀佛徒自身有關這一方面的記載。

大家知道，佛家典籍有《佛藏》之稱，包容宏富，難於檢索，但如不是進行深入而廣泛的專題研究，則查檢《高僧傳》一類的著作，也就可以大體上對他們有所了解。

有關歷代和尚的傳記，前有梁釋慧皎的《高僧傳》十四卷和唐釋道宣的《續高僧傳》三十卷。後者記錄了部份唐代僧人的事跡，但因道宣卒於高宗乾封二年（六六七），所以記錄的唐代僧人僅限於唐初數人；宋釋贊寧於太平興國八年（九八三）奉詔修成《宋高僧傳》三十卷，除了錄入南北朝和隋代的個別僧人外，絕大部份是唐代僧人的傳記，依其主要內容而言，不妨改稱為《唐高僧傳》。

全書共立僧人正傳五百三十二人，附傳一百二十五人。大部份僧人傳記，依據碑銘改寫，有的還註出原撰者姓名，體例比較謹嚴。有些傳記或其中部份文字出於筆記小說或其他文獻，則可信程度較差。此書今有范祥雍點校本，便於閱讀。

就以著名的詩僧靈澈上人來說，劉禹錫作《澈上人文集紀》，記載生平頗詳。《唐詩紀事》和《唐才子傳》均為他立有專傳，但《宋高僧傳》卷一五《唐會稽雲門寺靈澈傳》中的記載卻更有其細緻之處，如云「故秘書郎嚴維、劉隨州長卿、前殿中侍御史皇甫曾睹面論心，皆如膠固，分聲唱和，名散四陬。澈遊吳興，與杼山晝師一見為林下之遊，互相擊節。晝與書上包佶

靈澈上人

中丞，盛標揀其警句最所重者，『歸湘南作則有「山邊水邊待月明，暫向人間借路行，如今還向山邊去，唯有湖水無行路」句。此僧諸作皆妙，獨此一篇，使老僧見，欲棄筆硯。伏冀中丞高鑒深量，其進諸乎？其捨諸乎？……』其為同曹所重也如此。晝又賫詩附澈去見，佶禮遇非輕。又權德輿聞澈之譽，書問晝公，回簡極筆稱之。建中、貞元已來，江表諺曰：『越之澈，洞冰雪。』可謂一代勝士。」上述靈澈的文學活動，有其他文獻所不及。即此二例，足見此傳價值之高。

將贊寧的這一傳文和劉禹錫《文集紀》對照，可知贊寧沒有讀到過劉文，不少材料出自自己的搜集。但劉禹錫在《文集紀》中所說「貞元中西遊京師，名振輦下。緇流疾之，造飛語激動中貴人，因侵誣得罪徙汀州，會赦歸東越」云云，《宋高僧傳》中卻無記載。在僧人的傳記著作裏，因無史官文化講求實錄的傳統，有的記載很不可靠，但卻沾染上了儒家為尊者諱的風氣，有時也不免雜以宗教迷信，事涉神異，因此使用這些材料時，應當仔細審核。

佛經大抵包括「長行」即散文和偈頌即詩歌兩種體裁。詩僧的詩，有時即以「偈」名。例如宋釋惠洪《冷齋夜話》卷一《李後主亡國偈》曰：「宋太祖將問罪江南，李後主用謀臣計，欲拒王師。法眼禪師觀牡丹於大內，因作偈諷之曰：『擁毳對芳叢，由來趣不同。髮從今夜白，花似去年紅。艷曳隨朝露，馨香逐晚風。何須待零落，然後始知空？』後主不省。王師旋渡江。」這是一首完美的詩，《唐詩紀事》卷七六即記作《看牡丹》詩。按此僧法名文益，諡大法眼禪師，《唐詩紀事》即以僧文益之名著錄。《全唐詩》卷八二五歸為謙光之作，題為《賞牡丹應教》，當是依據《五代史補》卷五中的記載。

不過那些詩偈混稱的一般作品可沒有這麼文采斐然。王梵志和寒山、拾得等人的作品，追求語言通俗自然，可稱口語化的哲理詩。拾得曰：「我詩也是詩，有人喚作偈。詩偈總一般，讀者須子細。」可見這些僧徒認為二者之間是不必有所區分的。

再以佛教史上禪宗六祖傳法偈為例，續作探討。神秀曰：「身是菩提樹，心如明鏡台，時時勤拂拭，莫使有塵埃」；慧能曰：「菩提本無樹，明鏡亦非台，本來無一物，何處惹塵埃？」這到底算不算詩，向來就有不同的看法。這裏牽涉一個如何確定詩的界限的問題。對於這一問題，自古以來聚訟紛紜，難以做出結論。御定《全唐詩》凡例之一曰：「《唐音統籤》有道家章咒、釋氏偈頌二十八卷，（季振宜）《全唐詩》所無，本非歌詩之流，刪。」《全唐詩》中不收神秀、慧能的偈，大約就是根據上述原則拒收的了。但這卻也難以說服他人。要說這兩首偈平仄不協吧，這和寒山、拾得的詩可沒有甚麼不同；如以詩的韻味為準而推斥，那和朱熹的《觀書有感二首》之一（半畝方塘一鑒開）相比，又有甚麼本質上的區別？不是也饒有理趣，而非枯燥的說教文字嗎？文人有即興、口號之作，那和尚又為甚麼不能隨機作偈呢？看來對待這一問題，也不能過於絕對，應將唐代僧人某些頗有文采饒有理趣的偈語視作詩歌。

這類偈語大量保存在禪宗的語錄中。

在唐代佛教的各宗派中，禪宗的勢力最大，信奉的人最多。這一宗派不重學習經典，而是通過各種啓示的辦法，誘導他人明心見性，立地成佛。運用偈語進行啓導，是禪僧常用的手段之一。

有關禪宗的文獻，也可分為記事和記言兩類。五代時泉州招慶寺靜、筠二禪師於南唐保大十年（九五二）合撰的《祖堂集》二十卷，為敍禪宗的譜系之作。此書在國內長期失傳，近年才由南韓、日本影印輾轉傳回。書中記載了很多禪師的事跡，也保留了很多偈語。

但保留偈語最多的，還要推宋代的五大燈錄（釋道原《景德傳燈錄》、李遵勖《天聖傳燈錄》、釋惟白《建中靖國續燈錄》、釋悟明《聯燈會要》、正受《嘉泰普燈錄》）為重要。五書各三十卷，共一百五十卷。其後宋釋普濟刪繁就簡，將五書合為《五燈會元》一書，共二十卷。如想了解禪宗的詩偈，可到這些書中尋找。

《道藏》是模仿《佛藏》而建立的，裏面也有得道者的傳記，如趙道一的《歷世真仙體道通鑒》五十三卷、續編五卷、後集六卷，篇幅很大，錄入的人數很多，也有不少唐代的人物，只是與唐詩有關者很少，參考價值不大。

但唐代詩人和道教密切相關的卻又很多。最著名的，自然是李白了。《舊唐書·李白傳》中說是「天寶初，客遊會稽，與道士吳筠隱於剡中。既而玄宗詔，筠赴京師，筠薦之於朝，遣使召之，與筠俱待詔翰林」。這一記載令人有致疑者。再看《道藏》的《太元部》中，卻錄有署名吳筠的《南統大君九章經序》，內云「予於開元中著《玄綱論》及《養形論》行於世，詔授江州刺史，辭而不受，晦跡隱於驪山，養胎息。至元和中，遊淮西，遇王師討蔡賊吳元濟，避亂東之於嶽，遇李謫仙，以斯術授予」。末署「唐元和戊戌吳筠序」。不難看出，這是根據吳筠與李白的密切關係而偽造的誇說。要說開元、天寶時期的人又在元和之時聚首，真是一派胡言。用道教的典籍考史，得加倍小心才是。

不過這並不是說查究唐代詩人與道教的關係時，可以無視《道藏》中的材料。

關鍵在於認真考核，細心抉擇。

目下常見的《道藏》，大都是明正統年間刻本的影印本，學術界習稱為《正統道藏》。刻《正統道藏》根據的是各處宮觀中保存的元刊殘藏，《元玄都寶藏》根據的是金代所刊的《大金玄都寶藏》，金藏根據的是宋代政和年間刻的《大宋天宮寶藏》，可見明刊《道藏》之中，保留着許多源出宋元舊刊的珍貴古籍。

就以吳筠的著作來說，《道藏．太元部》中的《宗元先生文集》三卷，是存世的唯一古本。按權德輿《唐故中嶽宗元先生吳尊師集序》稱太原王顏「類其遺文為三十編」，《舊唐書》本傳稱有「文集二十卷，其《玄綱》三篇，《神仙可學論》等，為達識之士所稱」。《新唐書．藝文志》集部別集類則著錄「道士《吳筠集》十卷」，《郡齋讀書後志》和《直齋書錄解題》中也只著錄十卷本，說明其時已有殘缺或省併，故僅有十卷本行世。《唐才子傳》吳筠傳中說有文集十卷，不知其時是否實有其書？《四庫全書》收入《宗元集》三卷，《提要》云：「此本為浙江鮑氏知不足齋所鈔，末有跋云：『收入《道藏》中，世無別本。』」《全唐文》中所收，絕大部份又是從此轉錄的，可見存世的《宗元集》中的文字，都源出《道藏》。

吳筠的《神仙可學論》等文，是唐代道教的基本文獻，對李白和其他學道者影響很大，這些都是研究唐詩時應該注意的重要文字。

按李德裕曾撰《黃治賦》等文，反對方士煉丹以求長生之術，似與道教的宗旨相違，但他又作有《三聖記》，云是：「有唐寶曆二年，歲次丙午，八月丙申朔，十五日庚戌，玉清玄都大洞三道弟子、正議大夫、使持節潤州諸軍事、守潤州刺史兼御史大夫充浙西道都團練觀察處置等使、上柱國、贊皇縣開國男、食邑三百戶、賜紫金魚袋李德裕，上為九廟聖祖，次為七代先靈，下為一切含識，於崇山崇玄都南敬宗老君殿院及造老君、孔子、尹真人像三軀，皆按史籍遺文，庶垂不朽。」這裏李德裕自稱道號，為老君等造像，為先人求福，可見其信道的誠篤。此文一作《茅山三像記》，歐陽修《集古錄跋尾》卷九、歐陽棐《集古錄目》（繆荃孫輯本）卷九均有記敘，又《集古錄目》並載《崇玄聖祖院記》曰：「常州刺史賈餗撰，前陳州參軍徐挺古八分書。敬

《李德裕見客圖》

宗即位，詔天下求有道之士，李德裕為浙西觀察使，以道士周息元薦於朝，為建此院。敕賜號崇玄聖祖院。碑以寶曆二年立，在茅山。」也可看出李德裕的信道之誠。

這些碑銘，元代道士劉大彬所修的《茅山志》卷二三中有記載，記敍更為完整。《茅山志》收在《道藏．洞真部》中。

作為一代政治家，李德裕的主導思想當然是儒學，日僧圓仁《入唐求法巡禮行記》中記載了李德裕曾以正確的態度對待佛徒，筆記小説中也有關於他結交佛徒的記載，但李德裕在出任浙西觀察使時，卻在道教聖地茅山留下了許多信道的遺蹟，並被道士忠實地記錄了下來。可見道教的教義對他深有影響。難怪他在自著的《次柳氏舊聞》和韋絢筆錄的《戎幕閒談》等書中一再誇張神異。他的妻稱「煉師」，妾稱「女真」，也就可以找到合理的解釋了。

唐代皇帝以姓李之故，推尊老子李耳為始祖，從而提倡道教。一些姓李的詩人，像李白、李賀、李商隱等，也都攀龍附鳳，自以為老子後裔，從而信奉道教。所以研究唐代詩人，也要對道教的文獻有所涉獵。

至於説到道士章咒，則是他們宗教儀式中的專用文字，迷信成份太多，文學意味甚少，《全唐詩》中不錄，看來是合適的。

下篇　唐詩發展歷程

李白奇特的文化背景

讀李白的詩，想見其為人，總覺得有很多不可解處；若將李白與同時其他詩人相比，甚至與古今其他詩人比較，都覺得有很多不同之處。因此，李白其人始終像謎一樣朦朧。

何以如此？人們首先就會想到他的出身。因為李陽冰所作的《李白新墓碑》上說他生於碎葉，地當今吉爾吉斯共和國托克馬克附近，而按李白自敍，在他隨父遷蜀之時，已有五歲。生長在西域遠地，文化背景不同，當然會在他日後的生活和創作中留下印記了。

陳寅恪首先提出李白為胡人，但只是根據其父之行蹤做出的推斷，對李白的為人和詩歌沒有進行過申述。後人頗多附和其說者，但也未見進一步加以論證。有人根據魏顥對李白相貌的印象，所謂「眸子炯然，哆若餓虎」，就以為「有些和古書上所說的甚麼『碧眼胡僧』等差不多」，這可是流於求之過深的臆斷之詞。顯然，由此深入探討李白的文化背景，方向是對的，但還得做些具體的分析。

我覺得李白雖然生長在一個胡化家庭之中，深受西域文明的影響，但本身並不是胡人。因為他在有些地方表示過對胡人並無好評，甚至還有詆斥胡人的言論，提出過討伐胡人的主張，如果他是一個胡人，那就不大可能會有這樣的情緒了。

但李白的家族畢竟長期居住在河西走廊一帶，後又遠遷西域邊陲，一直處在中外文化交流的重要地段，也就必然會受到突厥文化的影響。這在李白的立身行事中有所表現。

李白一家人的名字就很奇特。其父名客，實際上只是一個代號，當係原來的胡化名字不便運用，故以「客」代稱。李白，字太白。白於五行方位屬西；太白即長庚星，《詩經》上說「東有啓明，西有長庚」，長庚亦寓西方之意。李白號青蓮，此花出天竺，古亦以為西域之地。他的妹妹叫月圓，兒子小名明月奴，在李白的詩中詠月者亦至多。古時日月對舉，日出東方扶桑，月出西方月窟，可見他們一家對象徵西方的月亮懷有深厚的感情。他的另一個兒子叫頗黎，則以產於西方的一種水晶石命名。明月奴的大名叫伯禽，有人認為可以轉讀為begim，突厥語中為「殿下」之意，我則援用《劉賓客嘉話錄》中的一段話，以為此乃隱語，蓋伯禽名鯉，諧為「李」字，而古時亦有李產西方之說。

由上可知，李白一家的名字都有寓意，這裏寄託着他們對於出身之地的繫念。

李白在婚姻問題上與眾不同。他在二十多歲出峽後即至安陸入贅於故相許圉師家。我國很早就確立了父家長制的倫理準則，贅婿向來受人歧視，漢代還有「七科讁」的法規，將贅婿歸入罪人一類。李白卻在《上安州裴長史書》中自稱「許相公家見招，妻以孫女」，不以為辱而引以為榮，豈非怪事？

他在天寶年間到梁苑與故相宗楚客家成婚，實際上也是贅婿的身份。這從他安頓子女的問題上可以看出。其時李白的前妻許氏當已去世，故無法再在許府容身，只能把子女寄養到東魯。假如李白與宗氏屬於正常婚配，那他就應該把子女也帶到梁苑，讓後母宗氏哺養，這是天經地義的事，不可能有其他處理辦法，為甚麼李白只能忍住內心的痛苦，而讓年幼的子女在無至親照料的情況下單獨生活？原因當在李白的身份實際上是贅婿，因而無法組織起一個正常的、圓滿的家庭。

在男女交往與婚配的問題上，西域地區的各民族，還保存着很多母系氏族社會中遺留下來的風習，婦女在家庭中一直佔有重要地位，《史記》與《大唐西域記》等書中都有記載。敦煌遺書《書儀》中也說近代之人多「遂就婦家成禮」，李白情況類同，也是受到突厥文化影響的表現。

李白五歲入蜀，二十多歲出蜀，一直生活在綿州昌隆縣。這一地區特殊的人文環境，對他也深有影響。

按照《太平寰宇記》中的記載，昌隆縣（宋代名彰明縣）的周圍有多種民族雜居，俗尚歌舞，尚武勇，喜好享樂，李白自然也會受其影響。這裏可舉一件具體的事說明南蠻文化對李白的影響。

李白在《上安州裴長史書》中還自述，他曾與蜀中友人吳指南同遊於楚，指南死於洞庭之上，李白將他權殯於湖側，「數年來觀，筋肉尚在，白雪泣持刃，躬身洗削，裹骨徒步」，營葬於鄂城之東。這種葬法叫作剔骨葬，又稱二次撿骨葬，這是南蠻的葬法，此事可以作為李白接受南蠻文化的顯證。

這種南方民族的葬儀，自《墨子．節葬》篇起，歷代都有記敘。華夏文化注重孝道，身體髮膚尚且不敢毀傷，怎能把人用刀刮去肉後才下葬呢？《新唐書》中有吳保安傳，敍吳保安與郭仲翔間的患難相扶事。此事原出牛肅《紀聞》，內敍郭仲翔至眉州彭山縣以二次撿骨葬法歸葬吳保安，發生的時間和地點，與李白的年代和居處緊接，可證李白葬友確是採取了南蠻葬法。

這一事件，可以促使我們思考，有關李白作《清平調》《菩薩蠻》以及《醉草嚇蠻書》等傳說，都應有其可信之處。

羌族為西北地區歷史最為悠久的遊牧民族之一，唐時即有一支聚居在李白故居昌隆縣西邊的汶山一帶，南下後又聚居於峨眉山周圍，往南至雲南的一支，即南詔的烏蠻。李白出蜀之時，先沿西邊南下，遊峨眉山，然後去三峽，往浙東漫遊。各處的活動，都有羌族文化的蹤影相隨。

李白作《登峨眉山》詩，中云：「偶逢騎羊子，攜手淩白日。」根據漢代傳為劉向所撰的《列仙傳》上記載，知騎羊子為葛由，羌族神仙。羌族以羊為圖騰，又崇拜白色，李白筆下，盡多白色之物，如白龜、白鹿、白鷴鵡、白蝙蝠等等，不一而足。而牧羊故事亦常見於筆下。當他四處漂流，想起兒子時，就對友人訴說：「君行既識伯禽子，應駕小車騎白羊。」

李白的先世向來居住於河西走廊西端。晉代五胡亂起，河西地區的一些地方政權乃據地自守，而又輾轉通過蜀地與位處江南的東晉、南朝聯繫，表示尊奉正統王朝，其時江南的神仙道教也早已通過蜀地而傳至西涼。李白九世祖李暠，除了効忠晉室外，還一直景仰蜀地的地區文化。李白之父攜家東下，定居於綿州，可由此得到解釋。李白出蜀之後首先想到的是「自愛名山入剡中」，因為其地多名山，如天姥、赤城、四明等山，都是神仙出沒之處。其中金華一地，尤堪注意。因為金華山上的神仙赤松子，亦即皇初平，又稱金華牧羊兒，也就是目下仍然廣泛傳播於南部地方的黃大仙，凡此均與葛由同出一脈。皇初平叱白石成羊的故事，還記錄在葛洪《神仙傳》中，傳播至廣。赤松子入火自化之說，亦與羌族有關，因為羌族實施火葬，故有此說，李白乃又稱之為「紫煙客」。

上述種種，足以說明李白深受突厥文化、南蠻文化與羌族文化等多種文化的影響，因此我將李白其人稱作「多元文化的結晶」。他的作風與癖好也頗與同時其他詩人不同，如逞強殺人，浪遊任俠，喜飲葡萄酒，熱愛音樂歌舞等等，都與這種特殊文化背景有關。

李白在有關民族戰事的一些篇章中，也反映出了與當時文士截然不同的情緒。在他一生中，唐王朝與邊疆民族發生的重大衝突，有石堡城之役與南詔之役。漢族文人受尊王攘夷觀念的支配，往往不分青紅皂白，同仇敵愾，這時便醜詆異族，倡言討伐，李白卻持相反的態度，反對這類戰爭。他喜遊俠而不願從軍，也不去邊塞謀求發展，只能從他與邊疆民族有着千絲萬縷的聯繫這一特殊的背景中尋求解釋。

從李白的學習問題上也可看出他與中原地區文士的不同之處。他在介紹幼年所學內容時說：「五歲學六甲，十歲觀百家，軒轅以來，頗得聞矣。」童子八歲學六甲，是漢魏時期的學制，唐時已無這種規定。根據李白的自述，他們一家原為西涼李暠之後，李白之父首以六甲授子，正是保留着西涼一地所傳承的漢魏六朝的傳統。李白在文學上重「復古道」，喜樂府古詩而不重近體，應當與這一文化背景有關。

自從唐初頒行《五經正義》，科舉試中有帖經的考核，文士涉學之初必須在正經正史上下功夫，李白學的卻是百家雜學。因此，他既不去應朝廷用以牢籠士子的科舉試，也不太重視儒家學術中的歷史哲學與倫常觀念。《遠別離》中說：「堯幽囚，舜野死。」把古代的禪讓之説視作與後世的篡奪之事無異，説明他並不重視儒家的一些政治理想。

在李白的思想中，百家並陳，無所軒輊，不受儒家思想的束縛。他以先秦時期的一些奇能異材之士為欽慕對象，追求奇士與高士的完美結合，顯得自尊、自信，並對自己的能力感到自負。因此，他在詩歌中高揚獨立不屈之人格，呈現出後世難以再見的自由、奔放與活躍。

這與他的生長地區也有關係。蜀地因交通不便之故，文化積澱的現象比較嚴重。此地為道教的發源地，故李白自年輕時起即嚮往神仙。其時趙蕤著《長短經》，宣揚縱橫家和法家思想，李白又從趙蕤遊，這對他一生也深有影響。

實際說來，中國自戰國之後，已無產生縱橫家的社會條件。天下大亂之時，會有一些喜歡縱橫的人出現，但趙、李二人身處開元盛世，卻還在研究縱橫之術，也就只能停留在紙上談兵的水平上。

李白政治上的最大失敗，是從永王璘鬧分裂而遭嚴懲。在這事件中，舉國知名的名士中只有李白一人追隨他，其他人則從一開始就看出了李璘的必敗之勢。李璘是由肅宗養大的，這時想與已經登基的兄長爭地盤，鬧獨立，違背君臣大義，必然在道義上陷於破產。李白思想中沒有這類倫理觀念，而又以縱橫之術自許，一心想「立抵卿相」，倉促下山，終於在政治鬥爭中陷於逆境。

李白在創作上的成功，在政治上的失敗，都與他出身的家庭、所處的地域與所接受的教育等方面有關。一句話，這些都可在他獨特的文化背景中尋找答案。

〔**說明**〕二十世紀九十年代，我就李白的奇異之處，結合他獨特的文化背景，接連寫了十篇論文，後經集合，編成《詩仙李白之謎》一書，於一九九六年交台灣商務印書館出版。二零零零年納入《周勛初文集》第四冊，由江蘇古籍出版社又重印了一次。一九九七年，我為紀念友人美籍唐詩研究專家李珍華先生逝世四週年，赴他所任職的學校美國密歇根州立大學講演。二零零三年，又精簡提煉，改寫成〈李白奇特的文化背景〉一文，發表在盧偉編著的《李珍華紀念集》中，北京大學出版社二零零三年十月出版。讀者如欲詳細了解我的論證過程，可參閱下列文字：

1、《李白族系之爭的時代背景》，載南京大學古典文獻研究所《古典文獻研究》總第五輯，江蘇古籍出版社二零零二年四月。

2、《李白及其家人名字寓意之推斷》，載《中國李白研究》一九九零年上集，江蘇古籍出版社一九九零年九月。

3、《李白兩次就婚相府所鑄成的家庭悲劇》，載《文學遺產》一九九四年第六期。

4、《李白剔骨葬友的文化背景之考察》，載《中國文化》第八輯，一九九三年六月。

5、《李白與羌族文化》，載《中華文史論叢》二零零六年第一期。

6、《李白的晉代情結》，載《中國社會科學院文學研究所學刊 2007》，中國社會科學出版社二零零七年十二月。

7、《論李白對唐王朝與邊疆民族戰事的態度》，載《文學遺産》一九九三年六月。

8、《李白在諸王分鎮問題上遭致失敗的內在原因》，載《文學研究》第五輯，南京大學出版社一九九三年四月。

杜甫身後的求全之毀和不虞之譽

金無足赤，人無完人，杜甫也不例外。但他號稱「詩聖」，樹大招風，人們對他的每一項活動細細考核，結果卻發現了許多缺點，有的批評者更是苛刻地做出了「求全」之毀。我無意於替杜甫辯護，但總覺得批評古人也應當和批評今人一樣，不能吹毛求疵。孟子主張「知人論世」，確是文學批評上的重要方法。評價杜甫的創作活動，也應當把它置於當時的歷史條件下加以考察。

杜甫於天寶四載起，至天寶十三載止，旅居長安。這時他仕途蹇礙，生活上產生了嚴重的困難，因此急於求得旁人援引，取得一官半職，解決燃眉之急。這在唐代來說，本來是不成甚麼問題的。因為封建社會中的文人，不論是為了解決生活問題，或是為了實現自己的政治抱負，首先就要求得入仕。而在當時來說，不論是應科舉試，還是爭取得到徵辟的機會，都要有顯貴名流出面推薦。因此，文人奔走於勢要者之門，懇求薦舉，也是當時的通習，不必苛求於一人。只是杜甫奔走的對象中有些人的情況比較複雜，問題就是由此產生的。

按杜甫這一時期作有五言排律多首，奉贈一些達官貴人。所以採用五言排律，則是為了這種詩體最能符合寫作上的要求。五排篇幅較大，講求用事和聲偶，鋪陳排比，整飭莊重，容易烘托對方的身份，顯示自己的功力。它既便於陳情述德，又便於頓挫反跌，抒寫自己的衷腸。因此，唐代士人大都寫作這種詩歌奉贈自己的懇求對象。

杜甫在長安時期所作的這類作品有：

《贈特進汝陽王二十韻》

《奉寄河南韋尹丈人》《贈韋左丞丈濟》《奉贈韋左丞丈二十二韻》（古詩）

《贈翰林張四學士垍》《奉贈太常張卿垍二十韻》

《奉留贈集賢院崔國輔于休烈二學士》

《敬贈鄭諫議十韻》

《奉贈鮮于京兆二十韻》

《投贈哥舒開府翰二十韻》

《上韋左相二十韻》

上舉八人，鄭諫議情況不明，汝陽王璡、韋見素、崔國輔、于休烈四人似乎沒有甚麼顯著的劣跡，而其餘的韋濟、張垍、鮮于仲通、哥舒翰四人，論者以為不是大成問題，就是劣跡昭著，杜甫向這樣的人求情，豈不是不擇對象，那他自己的品格，不是應該重行研究了嗎？

這種責難，自宋代起即已有人提出，到了郭沫若著《李白與杜甫》一書時，更是做了系統的論證和嚴格的批判。[1]這裏不乏值得注意的新鮮論點，但就此還可進一步做些分析。韋濟等四人的情況，史書和各家詩文中有記載，可以據此進行一些考察，看看這些人在杜甫獻詩之時究竟處在怎樣的一種狀態。下面分別一一敍述。

韋濟

韋濟是武后時宰相韋思謙的孫子，武后、中宗時宰相韋嗣立的兒子，武后時宰相韋承慶的侄子，新、舊《唐書》附《韋思謙傳》。這是一個世稱小逍遙房的顯貴家庭，代奉儒術，所以杜甫在《贈韋左丞丈濟》中說：「左轄頻虛位，今年得舊儒。相門韋氏在，經術漢臣須。」韋濟還以文學著稱，《舊唐書》本傳上說他「早以詞翰聞。……制《先德詩》四章，述祖、父之行，辭致高雅」，所以杜甫《奉寄河南韋尹丈人》中說：「鼎食分門戶，詞場繼國風。」這兩首詩中的頌詞，與史書上的記載沒有甚麼出入。

杜甫為杜審言之孫。杜審言於武后時累官著作佐郎、修文館直學士等職，和韋濟上代同時在朝，所以杜甫獻詩時尊稱為「丈」，表示杜、韋兩家乃世交。《奉寄河南韋尹丈人》詩曰：「有客傳河尹，逢人問孔融。」也就點明了這層因緣。看來韋濟首先顧念到這種關係，杜詩原註：「甫故廬在偃師，承韋公頻有訪問，故有下句。」這可不是杜甫首先攀龍附鳳迎合上去的。二人一直有文字往還，浦起龍《讀杜心解》釋《奉寄河南韋尹丈人》詩題曰：「前後俱在感其垂問上見意。中段自述近況，頌韋處只兩三句耳。故題曰『奉寄』，蓋答體，非贈體也。」這種分析完全符合實際。雙方情誼如此，那麼杜甫在遭到困難時向韋濟求援，又有甚麼值得責備的呢？

論者以為韋濟歷史上有一件醜惡的事，那就是他把道士張果薦給玄宗。《資治通鑑》開元二十二年二月，「方士張果自言有神仙術，狂人云堯時為侍中，於今數千歲；多往來恆山中，則天以來，屢徵不至。恆州刺史韋濟薦之，上遣中書舍人徐嶠賫璽書迎之。」此事新、舊《唐書．張果傳》係於開元二十一年，二者都說韋濟

「以狀奉聞」，這在當時恐怕也很難算是甚麼見不得人的事，因為封建帝王大都喜歡神仙方術，玄宗更是熱衷於此，作為地方長官的韋濟，自當像他前任的那些地方長官一樣，將管轄內的著名人物奏聞上去。韋濟本人當然也有迷信思想，陳思《寶刻叢編》卷六引《諸道石刻錄》：「唐白鹿泉神君祠碑，唐韋濟撰，裴抗分書，開元二十四年三月立，在獲鹿。」[2]可見韋濟在恆州刺史任上時確有宣揚神仙道化之事。只是縱觀李唐一代，當時的文人多半有這種作風，杜甫也有迷信仙術之事，而在這方面表現最為突出的，自然要以李白為最了。他不但到處尋仙訪道，躬受《道籙》，與玄宗身邊的著名道士司馬承禎、吳筠等人交往密切，而且還送夫人宗氏上廬山去和宰臣李林甫之女騰空子作伴，謀求白日飛升。比較起來，韋濟等人的行為又有多少醜惡可言呢？

韋濟做地方官時，還頗有美名，《新唐書》本傳上說：「濟文雅，頗能修飾政事，所至有治稱。」薦舉張果一事，因為風氣如此，大家也就不以為怪，杜甫贈詩不提此事，高適於開元二十二年路過恆州，作有《真定即事奉贈韋使君二十八韻》，求其援引，乃干謁之作，詩中歌頌韋之政績及歷官，然亦不及張果事，可見高適對此同樣不予重視。

張垍

張垍為張說之子，新、舊《唐書》附《張說傳》。張垍以能文稱，《唐會要》卷五七曰：「（玄宗）始選朝官有詞藝學識者入居翰林，供奉敕旨。……制詔書敕，猶或分在集賢。……至開元二十六年，始以翰林供奉改稱學士，由是別建學士院，俾掌內制，於是太常少卿張垍、起居舍人劉光謙等首居之，而集賢所掌，於是罷息。」他還是玄宗的女婿，《舊唐書》本傳上說：「詔尚寧親公主，玄宗特深恩寵，許於禁中置內宅，侍為文章，賞賜珍玩，不可勝數。」所以杜詩首曰：「翰林逼華蓋，鯨力破滄溟。天上張公子，宮中漢客星。」這樣一位嬌客，又是文墨中人，杜甫想要求得他的援助，也是很自然的事。李白有《玉真公主別館苦雨贈衛尉張卿二首》，此人或是張垍。[3] 詩中有云：「獨酌聊自勉，誰貴經綸才？彈劍謝公子，無魚良可哀。」這裏李白自比寄食於孟嘗君門下的馮驩，當然也是要求援助的意思。

杜甫的情況和李白相比還有不同，他和張垍的關係要深切得多，《贈翰林張四學士垍》曰：「倘憶山陽會，悲歌在一聽。」用的是嵇康和王戎、向秀交遊的故事，所以楊倫《杜詩鏡銓》曰：「張必與公有舊。」《奉贈太常張卿垍二十韻》曰：「吹噓人所羨，騰躍事仍睽。碧海真難涉，青雲不可梯。顧深慚鍛煉，材小辱提攜。」朱鶴齡《杜詩輯注》曰：「垍必嘗薦公而不達，故有『吹噓』『提攜』等句。」後來杜甫的情況更為窘迫，所以希望張垍繼續加以幫助。情況不過如此而已。王應麟《困學紀聞》卷十八《評詩》：「鮮于京兆，仲通也；張太常博士，均、垍也。所美非美然。昌黎之於于頔、李實類此。杜、韓二公晚節所守，如孤松勁柏，學者不必師法其少作也。」這種貶抑杜詩「少作」的論調，雖然意在回護，實際上卻是沒有留意唐代士子的干謁之風，即賢者亦不免。王氏知人而不論世，也就不能把話說到點子上去。

鮮于仲通

鮮于向，字仲通，以字行。新、舊《唐書》無傳，但在他弟弟《李叔明傳》中略有介紹。顏真卿撰《中散大夫京兆尹漢陽郡太守贈太子少保鮮于公神道碑銘》《鮮于氏離堆記》等文，對他的歷史做了詳細的記錄。

鮮于仲通的情況比較複雜。在他一生行事中，最為後人詬病的，是與楊國忠的關係和征南詔失敗二事。

鮮于氏原是起於北方的少數民族——高車族[4]鮮于兄弟的上代，因仕宦定居於閬州新政。這一家族雖已進入中原多年，但仍保持着原來的粗獷豪俠之風。顏真卿在鮮于仲通的神道碑中說：「匡贊生士簡、士迪，並早孤，為叔父隆州刺史匡紹所育，因家於新政。士簡、士迪皆魁岸英偉，以財雄巴蜀，招徠賓客，名動當時。郡中憚之，呼為『北虜』。士簡生令徵，公之父也。倜儻豪傑，多奇畫，嘗傾萬金之產，周濟天下士大夫。」到了鮮于仲通兄弟一代，情況有了改變，一方面仍然保持豪俠之風，一方面折節讀書，以文士的姿態出現，所以顏文又曰：「公少好俠，以鷹犬射獵自娛，輕財尚氣，果於然諾。年二十餘，尚未知書，太常切責之。縣南有離堆山，斗入嘉陵江，形勝峻絕，公乃慷慨發憤，屏棄人事，鑿石構室以居焉。勵精為學，至以針鈎其瞼，使不得睡。讀書好觀大略，頗工文而不好為之。開元二十年，年近四十，舉鄉貢進士，高第。……方及知命，始擢一第。」而他勤奮向學的結果，後來還有著作傳世，「凡著《坤樞》十卷，文集十卷，並為好事者所傳」。《新唐書·藝文志》中就記錄有《鮮于向集》十卷。

看來這人的作風有些像是戰國時的孟嘗君，輕財好客，兼收並蓄，門下必然會招來一批雞鳴狗盜之徒。可巧其中就有楊國忠其人。《新唐書．楊國忠傳》曰：「嗜飲博，數丐貸於人，無行檢，不為姻族齒。年三十從蜀軍，以屯優當遷，節度使張宥惡其人，笞屈之，然卒以優為新都尉。罷去，益困，蜀大豪鮮于仲通頗資給之。……劍南節度使章仇兼瓊與宰相李林甫不平，聞楊氏新有寵，思有以結納之為奧助，使仲通之長安，仲通辭，以國忠見，幹貌頎峻，口辯給。兼瓊喜，表為推官，使部春貢長安。」說明鮮于仲通起初周濟楊國忠時，並無深意，後來也並不熱衷於利用這層關係上京城去巴結楊氏。可見後來記在他歷史上的這層社會關係，是由偶然性的機緣構成的。

楊國忠得勢後，當然要報答他一番。《楊國忠傳》又說：「南詔質子閤羅鳳亡去，帝欲討之，國忠薦鮮于仲通為蜀郡長史，率兵六萬討之。戰瀘川，舉軍沒，獨仲通挺身免。時國忠兼兵部侍郎，素德仲通，為匿其敗，更敍戰功，使白衣領職。」說明這些事件的發生，主謀者是楊國忠。他想表示感恩，卻給鮮于仲通的歷史寫上了不光彩的一頁。

鮮于仲通的出任蜀郡大都督府長史兼御史中丞持節充劍南節度副大使，顏真卿撰文的《神道碑》上說是出於郭虛己所薦，與上述說法不同，而新、舊《唐書》的記載則是一致的。但不管怎樣，二人的關係總是不同尋常。《資治通鑒》天寶十二載春正月，「京兆尹鮮于仲通諷選人請為國忠刻頌，立於省門，制仲通撰其辭；上為改定數字，仲通以金填之。」司馬光撰寫這一段文字，乃承上文而來，同書天寶十一載十二月曰：「楊國忠欲收人望，建議：『文部選人，無問賢不肖，選深者留之，依資據闕注官。』滯淹者翕然稱之。國忠凡所施置，皆曲徇人所欲，故頗得眾譽。」這段文字，不因楊國忠乃元惡大憝而隱藏當時的歷史真相，大約也是為後來的刻頌一事做出解釋吧。[5]前文乃後文伏筆，二者之間具有明顯的因果關係。

鮮于仲通早年雖對楊國忠有恩，但他並沒有利用這種關係去謀求個人的私利，看來他還保持着固有的豪強之氣，不做齷齪小人之態，所以二人後來還是分道揚鑣了。顏真卿《鮮于氏離堆記》上說他「卓爾堅忮，毅然抗直」。這樣的人，怎能為楊國忠所容？於是「入為司農少卿，遂作京兆尹。以忤楊國忠，貶邵陽郡司馬」。《神道碑》上也說：「十一載，拜京兆尹。公威名素重，處理剛嚴。公初善執事者。後為所忌。十二載，遂貶邵陽郡司馬。」於此也可看出，鮮于仲通決不是和楊國忠沆瀣一氣的人物。此人於「寶應元年，追贈衛尉卿；廣德元年，又贈太子少保」，假如他真是楊國忠一黨，那麼與楊氏一門有着刻骨仇恨的代宗又為甚麼要累加追贈？

《新唐書·韓休傳》言其長子「浩，萬年主簿，坐籍王鉷家資有隱入，為尹鮮于仲通所劾，流循州」。此人乃名相之子，族大勢盛，黨援眾多。犯法之後，鮮于仲通也不稍加寬貸，可見他執法的嚴正。

正因他剛正不阿，在京兆尹任上時治績頗佳，也就獲得了廣泛的好評。其弟李叔明後來也擔任京兆尹之職，《新唐書》本傳上說：「長安歌曰：『前尹赫赫，具瞻允若；後尹熙熙，具瞻允斯。』」[6]時隔十年左右，長安人還在歌頌他的政績，也可算是難能可貴的了。

檢閱這一時期的文獻記載，沒有見到甚麼醜詆鮮于仲通之處。相反，凡是敍及鮮于兄弟的文字，大都持讚頌的態度。顏真卿以高風亮節著稱，可以相信，他不會肆意歪曲事實，替一個品格不端的人去塗脂抹粉。《神道碑銘》《離堆記》中再三頌揚，大約總是認為鮮于仲通與楊國忠的交往，沒有在節操上帶來甚麼玷污，這裏不存在甚麼品質的問題。于邵《唐劍南東川節度使鮮于公經武頌》[7]、韓雲卿《鮮于氏里門碑》[8]等文都對鮮于兄弟倍加讚頌，和顏真卿的看法一致。《新唐書·李叔明傳》上還說：「始，叔明與仲通俱尹京兆，及兼秩御史中丞，並節制劍南；又與子昇俱兼大夫，蜀人推為盛門。」亦寓頌揚之意。趙明誠《金石錄》卷二七《唐京兆尹鮮于仲通碑》曰：「魯公為此碑，稱述甚盛，以此知碑誌所載，是非褒貶，果不可信。雖魯公猶爾，況他人乎！」這種意見也不見得中肯。因為《神道碑》上的記敘，或應對方家屬所託，行文不無隱諱，但他還作有《離堆記》，文體與碑頌有別，為甚麼也持同一論調？況且顏真卿與楊國忠在政治上一直持對立的態度，《舊唐書．顏真卿傳》曰：「楊國忠怒其不附己，出為平原太守。」假如鮮于仲通真是依附楊國忠的死黨，那顏真卿怎會予以如此高的評價？

杜甫《奉贈鮮于京兆二十韻》中的頌詞，可以和上面的介紹相印證。詩云：「驊騮開道路，雕鶚離風塵。侯伯知何算，文章實致身。奮飛超等級，容易失沉淪。脫略磻溪釣，操持郢匠斤。」雖然假象過大，但用文學眼光來看，還應算是用典貼切，並不是阿諛奉承。至於說到落句「有儒愁餓死，早晚報平津」，也要結合寫作時間來考慮。註杜詩者大都以為此詩作於天寶十一載，正是楊國忠在選人中收得一些虛譽之時。杜甫窮困潦倒，在長期遭受李林甫的壓制之後，這時眼前似乎出現了一線希望，於是想憑藉鮮于仲通和楊國忠的關係，謀求入宦，這在當時來說，也沒有越出文人遵從的道德規範，而在後人看來，也只能說是一時受了蒙蔽。對於這事，恐怕也不宜責之過深的。

趙翼《甌北詩話》卷二論杜詩曰：「鮮于仲通，則楊國忠之黨，並非儒臣，而贈詩云：『有儒愁餓死，早晚報平津。』……可見貧賤時自立之難也。」這差不多是過去的人共同持有的見解。趙氏史學名家，而考索不精，誠屬憾事！對照以上的考證，可知此說全不合事實。

至於說到唐代與南詔交惡一事，那情況更是複雜了。好在唐代史書上記載得比較詳細，南詔閣羅鳳也及時樹立《南詔德化碑》記載此事[9]，兩相對照，可以看清事實的真相。

對於歷史上的這重公案，雙方的記載，除了因立場觀點的不同而詞氣有異外，基本事實卻是出入不大的。就從《南詔德化碑》上的說法來看，挑起禍端的首惡，是章仇兼瓊、李宓、張虔陀等人。鮮于仲通也有責任，當南詔一再向他說明情況，申訴冤屈，乞求和解之時，他卻一味採取高壓手段，堅持興兵討伐。南詔在忍無可忍的情況下出兵反擊，才把他打得大敗而歸。從南詔的眼光來看，鮮于仲通的表現是蠻橫無理，而不是甚麼陰險奸詐，這與他豪強的性格是一致的。不管這事是否出於唐玄宗和楊國忠的指令，作為當事人的鮮于仲通，還是措置不當，給兩處人民帶來了災難，造成了嚴重的歷史後果。

這種錯誤究竟是怎樣犯下的呢？看來它與儒家尊王攘夷的正統思想有關。對於儒家的這種傳統觀念，也應結合不同的歷史時期，做出具體分析。每當正統王朝遭到外族侵略瀕臨危亡之時，一些有氣節的士人總是在儒家這種思想的指導下，寧死不屈，百折不回，為興復故國而奮鬥，歷史上出現過不知多少這類可歌可泣的事跡。這裏表現出了中華民族強烈的向心力。可以說，我們的國家綿延幾千年而一直能夠保持統一和獨立，也與這種傳統思想有關。但是尊王攘夷思想也有它另一方面的不良影響，那就是鄙視邊疆的少數民族，表現出一種天朝上國的傲慢態度。南詔地處邊陲，國力不強，而且一直臣服於唐，這時卻興兵反抗，殺掉地方長官，攻掠土地，而且揚言要投奔吐蕃，這在唐王朝的地方大員說來，大約認為非得嚴懲一下不足以儆效尤，於是兩國之間也就一再兵戎相見了。

鮮于仲通已是一個漢化了的兄弟民族的後裔。他生長蜀地，又在劍南長期任職，這裏正是兄弟民族雜居之區。鮮于仲通自從參與劍南軍事起，攻打過雲南蠻、羌、吐蕃等許多兄弟民族，頗施殺伐之威。這裏當然也有許多不正義的行動，但顏真卿在為他作《神道碑》時卻毫無批判之意，而是盡情褒揚，因為顏真卿也是儒家思想的信徒，他也是遵從「嚴夷夏之防」的原則而立論的。

天寶時期的文人對眼前發生的這起事件大都認識不清，這或許與不了解事實真相有關，但尊王攘夷的思想卻也在興風作浪，因此刮起了一陣興兵討伐的鼓譟。鮮于仲通喪師折兵後，楊國忠命令李宓以更大的規模出兵攻打，高適有《李雲南征蠻詩》，內云：「聖人赫斯怒，詔伐西南戎。肅穆廟堂上，深沉節制雄。遂令感激士，得建非常功。料死不料敵，顧恩寧顧終？」儲光羲有《同諸公送李雲南伐蠻》詩，內云：「昆明濱滇池，蠢爾敢逆常。天星耀鈇鑕，吊彼西南方。……邦人頌靈旗，側聽何洋洋。京觀在七德，休哉我神皇。」可見當時的文人差不多都是帶着同仇敵愾的心情看待這起事件的。[10]儲詩標題而稱「同諸公」，可見一起賦詩的還有不少人。鮮于仲通蠻幹一場，看來就是在這一種瀰漫朝野的共通心理基礎上發動的。

後來的史家總結歷史經驗時，都說「仲通褊急寡謀」（《舊唐書·南蠻·南詔蠻傳上》），「卞忿少方略」（《新唐書·南蠻·南詔傳上》），「仲通性褊急，失蠻夷心」（《資治通鑒》天寶九載）。這可不是在批評他不該鎮壓兄弟民族，而是責怪他缺乏手腕，沒有把事情處理好。錢謙益《杜詩箋注》曰：「按公投贈詩與魯公《神道碑》，敍次略同。魯公《神道碑》記節度劍南，拔吐蕃摩彌城，而不載南詔之役；公詩美其文章義激，而不及其武略：古人不輕諛人若此。」看來顏、杜二人並不是為了不贊成征南詔之舉而略去此事不談的，大約只是為了鮮于仲通出師不利，全軍覆沒，故而為之藏拙。杜甫的態度，和當時其他文人也不可能有甚麼根本上的不同。

但征南詔之舉畢竟是唐王朝的創傷劇痛。過此不久，安史之亂即起，從此兵連禍結，人民也就輾轉於溝壑。後人痛定思痛，對此有了新的認識。劉灣《雲南曲》曰：「百蠻亂南方，群盜如猬起。騷然疲中原，征戰從此始。」白居易《新豐折臂翁》曰：「翁言貫屬新豐縣，生逢聖代無征戰。慣聽梨園歌管聲，不識旗槍與弓箭。無何天寶大徵兵，戶有三丁點一丁，點得驅將何處去，五月萬里雲南行。」從此以後，鮮于仲通的征雲南之行也就不斷為人詬病了。

哥舒翰

哥舒翰是開元、天寶時期的著名戰將，事跡詳見新、舊《唐書》本傳。其他散見於唐人集子中的記載也很多。

唐德宗時，詔拜哥舒翰長子哥舒曜為東都、汝州行營節度使，將鳳翔、邠寧、涇原、奉天、好疇兵萬人討李希烈。《新唐書》本傳上說：「帝召見，問曰：『卿治兵孰與父賢？』對曰：『先臣，安敢比？……』帝曰：『爾父在開元時，朝廷無西憂；今朕得卿，亦不東慮。』」可知其時朝廷倚託之重。

唐玄宗時，中央王朝的邊患主要在東北和西邊。東北的少數民族，有契丹和奚等，他們力量都不強，對唐王朝並不構成甚麼威脅。唐王朝派重兵駐守，主要是起威懾的作用。特別是到安祿山出任幽州節度副大使後，更是使用詭詐手段，一面兇狠地肆行殺戮，一面施行恩惠，拉攏部落中的豪強，培植地方勢力。西邊的兄弟民族，有回紇、吐蕃等；其中吐蕃與中央王朝的征戰，時間長，規模大，確是構成了很大的威脅。哥舒翰能穩住西邊的局面，對中央王朝來說，就是做出了卓越的貢獻。

唐中央王朝與吐蕃的戰爭，誰是誰非，如何評價，確實是一言難盡。二者之間的關係錯綜複雜，但即使是在兵刃相見之時，也以甥舅相稱，並不否定這種親密的血緣關係。後人考察唐代各民族之間的矛盾紛爭時，應該看到，各方之間的和好關係仍屬基本的方面。我們在閱讀唐史時，可以指出一點，那就是二者的社會發展階段是不同的。唐王朝已進入發達的封建社會，即使是在邊疆地區，也早已發展起高度繁榮的農業經濟。《資治通鑒》天寶十二載曰：「自安遠門西盡唐境萬二千里，閭閻相望，桑麻翳野，天下稱富庶者無如隴右。」有人以為此說原出《開天傳信記》，乃是小說家言，誇張過甚，不足置信，但當時這一地區已經得到開發，則是毋庸置疑的。吐蕃所處的社會發展階段要落後得多，當時正處在發達的奴隸社會階段，因此富有掠奪性，常是向隴右、河西一帶發動進攻，掠取奴隸和糧食，給早已定居下來的農民以巨大的威脅。這時如有人能阻擋住這些來去飄忽的遊牧民族的侵襲，當然會大得人心。早期的哥舒翰，就曾起過這樣的作用。

《資治通鑑》天寶六載冬十月，哥舒翰已累功至隴右節度副使，「每歲積石軍麥熟，吐蕃輒來獲之，無能禦者，邊人謂之『吐蕃麥莊』。翰先伏兵於其側，虜至，斷其後，夾擊之，無一人得返者，自是不敢復來。」《太平廣記》卷四九五引《乾饌子》曰：「天寶中，歌舒翰為安西節度，控地數千里，甚著威令，故西鄙人歌之曰：『北斗七星高，歌舒翰夜帶刀。吐蕃總殺盡，更築兩重濠。』」《南部新書》卷庚錄此，引詩略同，而洪邁《萬首唐人絕句》五言卷二十載《西鄙哥舒歌》，後兩句作「至今窺牧馬，不敢過臨洮。」也是歌頌他保衛邊疆有功的。[11]

但哥舒翰在與吐蕃進行的一系列的戰爭中，也有一件經常為人詬病的事，那就是天寶八載六月，哥舒翰以六萬三千人之眾，攻拔吐蕃石堡城，結果死去士卒數萬。

而在天寶六載時，唐玄宗也曾讓王忠嗣去攻打此城，王忠嗣認為「所得不如所亡」，寧願自己得罪，不願犧牲士卒，故不奉命而行；將軍董延光自請將兵去攻打，唐玄宗讓王忠嗣分兵支持，他也不出力。兩相比較，王忠嗣的表現自然要好得多。史家於此大書特書，是理所當然的。

但我們能不能要求每一個人都能像王忠嗣那樣決斷呢？提出高標準來要求人，從而責難他人達不到這種標準，恐怕也不能算是實事求是的做法。就在王忠嗣抗命不行之時，大家都為他擔心，《資治通鑒》上說：「李光弼言於忠嗣曰：『大夫以愛士卒之故，不欲成延光之功，雖迫於制書，實奪其謀也。何以知之？今以數萬眾授之而不立重賞，士卒安肯為之盡力乎！然此天子意也，彼無功，必歸罪於大夫。大夫軍府充牣，何愛數萬段帛不以杜其讒口乎！』忠嗣曰：『今以數萬之眾爭一城，得之未足以制敵，不得亦無害於國，故忠嗣不欲為之。忠嗣今受責天子，不過以金吾、羽林一將軍歸宿衛，其次不過黔中上佐，忠嗣豈以數萬人之命易一官乎？李將軍，子誠愛我矣，然吾志決矣，子勿復言。』光弼曰：『向者恐為大夫之累，故不敢不言；今大夫能行古人之事，非光弼所及也。』遂趨出。」這一番對話，寫得有聲有色，言為心聲，司馬光確實是動了感情的。但從中可見，像王忠嗣這樣的作為，唐代名將李光弼也難以做到，所謂「大夫能行古人之事」，是說今人不可能行此事。後人要求哥舒翰也要有同樣的表現，恐怕陳義過高。而且攻打石堡城一事，出於唐玄宗的指令，並非哥舒翰的主謀，後人議及此事，也不必過多地歸罪於執行者而置決策者於一邊而不顧。

當時的文人對於這一事件，恐怕也很難做出正確的估量。李白有《送白利從金吾董將軍西征》一詩，首云：「西羌延國討，白起佐軍威。」這位金吾董將軍，可能就是自請攻打石堡城的董延光，因為開元、天寶之時征討吐蕃的將領，特別在「將軍」之中，少有姓董的人。有人舉李白《答王十二寒夜獨酌有懷》詩中「君不能學哥舒橫行青海夜帶刀，西屠石堡取紫袍」之句，以為見解高於杜甫，但李白此詩不知作於何時，如果作於人們飽受戰亂創傷之後，也就不足為奇了。況且此詩是否李白所作還要進一步考訂，蕭士贇、朱諫、胡震亨等人都以為是五代人的偽作，因此根據這詩而立論，說服力也不夠。

為救王忠嗣，哥舒翰還有出色的表現，《資治通鑑》上記載道：「哥舒翰之入朝也，或勸多齎金帛以救忠嗣。翰曰：『若直道尚存，王公必不冤死；如其將喪，多賂何為！』遂單囊而行。三司奏忠嗣罪當死。翰始遇知於上，力陳忠嗣之冤，且請以己官爵贖忠嗣罪；上起，入禁中，翰叩頭隨之，言與淚俱。上感寤。己亥，貶忠嗣漢陽太守。」此事曾經博得人們廣泛的好評，《舊唐書》本傳上說：「朝廷義而壯之。」

此人雖然以勇武著稱，但也並非一介武夫。《舊唐書》本傳上說：「翰好讀《左氏春秋傳》及《漢書》，疏財重氣，士多歸之。」[12]在他的幕府中，集中了一大批著名的文士和武人。杜甫《投贈哥舒開府翰二十韻》曰：「軍事留孫楚，行間識呂蒙。」錢謙益《杜詩箋注》曰：「翰奏嚴挺之之子武為節度判官，河東呂諲為度支判官，前封丘尉高適為掌書記，又蕭昕亦為翰掌書記。」「翰為其部將論功，隴右十將皆加封，若王思禮為翰押衙，魯炅為別將，郭英乂亦策名河隴間；又是年奏安邑曲環為別將，皆拔之行間也。」[13]可見其門下之多士。

唐代文人參加軍隊謀取進身，也是一條正常的途徑。哥舒翰聲名煊赫，自己也喜讀經史，且喜接引文士，那當然會產生強烈的吸引力。著名的邊塞詩人高適就是從擔任哥舒翰的掌書記起家而飛黃騰達的。他前後所作頌詞甚多，多使主充滿了知己之感。從現存的文獻看，儲光羲有《哥舒大夫頌德》詩，李白有《述德兼陳情上哥舒大夫》詩，都有求其援引之意，可見當時他在文人的心目中確是頗有地位的。

論者以為哥舒翰這時已經劣跡昭彰，李白識見高明，不會與之發生關係，於是重申前人之說，以為李白的述德陳情之詩乃他人偽作。按朱諫《李詩辨疑》卷上云：「述德則有之，無有陳情之辭，疑當有闕文也。」瞿蛻園、朱金城《李白集校注》駁之曰：「不知投贈即是陳情，此疑所不必疑。」可謂片言中的。況且此詩早已見於宋代類書《錦繡萬花谷》後集卷十四，署名正作李白《贈哥舒翰》，也可證明這詩的著作權仍當屬於李白。李白曾向哥舒翰陳情求援引。

如上所云，可證前期的哥舒翰還尚無惡稱，杜甫向之陳情，沒有甚麼值得非議之處。

當然，哥舒翰並不是甚麼完人，他治軍嚴酷，確實也有好戰的一面，而當他立有軍功之後，也就逐漸顯露傲狠之狀。《太平廣記》卷二二四引《戎幕閒談》曰：「（顏魯公）遷監察御史，因押班，中有喧嘩無度者。命吏錄奏次，即哥舒翰也。翰有新破石堡城之功，因泣訴玄宗，玄宗坐魯公輕侮功臣，貶蒲州司倉。」由此也可看到顏真卿的剛正不阿。他在維護封建倫常方面是決不妥協的。

總結以上所言，可知杜甫投詩韋濟、張垍、鮮于仲通、哥舒翰等人，在當時來說，也是文人的通習，沒有甚麼值得特別加以指責的地方。

後人所以在這問題上有所指責，或許還與張垍、哥舒翰的晚節不保有關。這兩人後來都投降了安祿山，名節有虧，杜甫向這樣的人唱過頌歌，豈不也是一大污點？但是這種事情也要具體分析。白居易《放言五首》之三曰：「周公恐懼流言日，王莽謙恭未篡時。向使當時身便死，一生真偽有誰知？」人們於此慨乎言之，也是為了輿論的難以憑信，人物變化的難以預測。杜甫囿於見聞，只是仰慕這些人的時譽，有所乞求，他可能與這些達官貴人有所接觸，也有可能只是輾轉地找到一些聯繫得上的關係，這樣他又怎能逆料後來的發展？如果我們不顧歷史條件而對杜甫提出過高的要求，這種評價人物的方法，不論施之於古人，或是施之於今人，都會產生意想不到的結果。

但是杜甫在遭受種種求全之毀的同時，還曾遇到一些「不虞」之譽；其中之一，就是他曾贈詩蘇渙，而蘇渙曾被稱作「造反」詩人，杜甫能夠賞識「造反」詩人，豈不也是有眼力的表現。

蘇渙

我們不必對「造反」一詞多加考辨。這裏無非是說，蘇渙曾經幫助嶺南裨將哥舒晃殺掉嶺南節度使、廣州刺史呂崇賁，率領少數民族一起起義。「造反」只是「起義」的同義詞。

這次事件，到底能不能稱為起義？還是可以商榷的。

《新唐書．路嗣恭傳》上說：「大曆八年，嶺南將哥舒晃殺節度使呂崇賁，五嶺大擾。詔嗣恭兼嶺南節度使，封冀國公。嗣恭募勇敢士八千人，以流人孟瑤、敬冕為才，擢任之。使瑤督大軍當其衝，冕率輕兵由間道出不意，遂斬晃及支黨萬餘，築屍為京觀。俚洞魁宿為惡者，皆族夷之。」這裏所提到的，實際上是兩件事情，路嗣恭先是討平了哥舒晃之亂，文字至「築屍為京觀」作一小結；後又續敘族夷「俚洞魁宿為惡者」，這是與前事不同的又一件事。這裏並不是說這些「俚洞魁宿」是隨哥舒晃一起起義的少數民族領袖。《資治通鑒》大曆十年敍此，與新、舊《唐書．路嗣恭傳》記載同，沒有說哥舒晃的隊伍中還有甚麼少數民族參加。權德輿作《伊公神道碑》[14]，同樣沒有提到哥舒晃的軍隊中有甚麼少數民族參加。

按哥舒晃乃哥舒翰次子，林寶《元和姓纂》卷五：「哥舒翰，天寶右僕射平章事西平王東討先鋒兵馬副元帥，生曜、晃、曄。」岑仲勉《元和姓纂四校記》依《通志》於「晃」下補「皓」一名。據此可知，哥舒晃是突騎施哥舒部落之裔。很難設想，哥舒翰的兒子會成為率領少數民族和商人、工人、農民一起起義的領袖，這倒不是說哥舒晃出身於唐王朝的高級將領家庭，所以不能領導起義，而是史書上找不到哥舒晃改變身份的任何一點史料線索。而且突騎施是一個西北的少數民族，而所謂南蠻的「俚洞魁宿」則是指當地少數民族的首領，古時民族界線很嚴，試問：南方的少數民族怎麼會擁戴一個西北少數民族的成員去做他們的領袖呢？按諸實際，哥舒晃的這次起兵恐怕很難說是一場起義。

蘇渙其人，確實有一些不平常的作風；其詩，確實有一些不平常的內容。但若根據他參與哥舒晃嶺南造反一事就榮膺「人民詩人」的稱號，恐怕還是需要再斟酌的。

杜甫在大曆四年作《蘇大侍御訪江浦賦八韻紀異》《暮秋枉裴道州手札率爾遣興寄遞呈蘇渙侍御》二詩，對蘇渙頗有美詞，本來也是一件被人視為怪異的事。查慎行《初白庵詩評》曰：「子美於人，豈輕易許可？乃考渙之生平，曾煽動嶺表，與哥舒晃作亂，殊不可解。」這裏確實有一些問題需要深入研究。但若說到杜甫晚年結識了一位率領少數民族起義的詩人，則只能說是一種不虞之譽。

原載《草堂》一九八五年第二期

註釋

1 郭沫若：《李白與杜甫》，人民文學出版社一九七一年出版。其中對杜甫投詩韋濟等人所做的分析，集中發表在《杜甫的功名欲望》一章中。

2 韋濟：《白鹿泉神君祠碑》，載《唐文拾遺》卷十八。

3 郁賢皓：《李白與張垍交遊新證》，載《李白叢考》，陝西人民出版社一九八二年版，一九八三年一月印刷本。

4 姚薇元《北朝胡姓考》外篇第四「鮮于氏」曰：「定州鮮于氏，出自春秋狄國鮮虞之後，以國為氏，高車族也。」（科學出版社一九五八年版）《魏書．高車傳》曰：「為性粗猛，黨類同心。」又曰：「太祖時，分散諸部，唯高車以類粗獷，不任使役，故得別為部落。」

5《資治通鑒》中有關此事的記載，看來主要依據《封氏聞見記》一書。該書卷五《頌德》曰：「……選人等求媚於時，請立碑於尚書省門，以頌聖主得賢臣之意。敕京兆尹鮮于仲通撰文，玄宗親改定數字，鐫畢，以金填改字處。」如此，則此事非由鮮于仲通倡議可知。

6《錦繡萬花谷》後集卷十四：「李仲通，天寶末為京兆尹，弟叔時繼之，長安歌曰：『前尹赫赫，具瞻允若；後尹熙熙，具瞻允斯。』」「叔時」自是「叔明」之誤。鮮于叔明後改姓「李」，鮮于仲通改姓之事則於史無徵。

7 載《全唐文》卷四二三。

8 載《唐文續拾》卷四。

9 《南詔德化碑》，阮福《滇南古金石錄》錄存，可參看。

10 當時只有李白保持着清醒的頭腦，在《古詩》其三十四「羽檄如流星」一詩中做了尖鋭的揭露和嚴肅的批判。或許他生長蜀地，又曾長期旅居楚地，所以能夠了解到一些事實真相；也有可能是他的尊王攘夷思想不像上述諸人強烈，所以觀察問題比較客觀。

11 《全唐詩》卷七八四錄此詩，僅收《萬首唐人絕句》中的那一首。

12 古代武人每以好讀《左氏春秋傳》為儒雅的表現。《三國志．蜀書．關羽傳》裴松之註引《江表傳》曰：「羽好讀《左氏傳》，諷誦略皆上口。」《世說新語．術解》「王武子善解馬性」條劉孝標註引《語林》曰：「武帝問杜預：『卿有何癖？』對曰：『臣有《左傳》癖。』」又《世說新語．豪爽》亦曰：「王大將軍自目：『高朗疏率，學通《左氏》。』」王大將軍即王敦。

13 錢謙益釋「十將」有誤。《資治通鑑》天寶十三載「哥舒翰亦為其部將論功，敕以十將、特進、火拔州都督、燕山郡王火拔歸仁為驃騎大將軍」，胡三省註：「十將，亦唐中世以來軍中將領之職名。」又錢謙益以這些人物註杜詩，年代不甚切合，本文引此，僅用來說明哥舒翰幕府之多材。

14 此文全稱《唐故光祿大夫檢校尚書右僕射兼右衛將軍南充郡王贈太子少保伊公神道碑銘》，載《權載之文集》卷十七。

元和文壇的新風貌

一

李肇《國史補》卷下《敘時文所尚》曰：

元和已後，為文筆則學奇詭於韓愈，學苦澀於樊宗師。歌行則學流蕩於張籍。詩章則學矯激於孟郊，學淺切於白居易，學淫靡於元稹，俱名為「元和體」。大抵天寶之風尚黨，大曆之風尚浮，貞元之風尚蕩，元和之風尚怪也。

這對元和時期文壇上的新風貌來說，是一個高度的概括。如把上述各家陳述的順序略作調整，則可排列如下：

文筆：韓愈（奇詭）、樊宗師（苦澀）
歌行：張籍（流蕩）
詩章：孟郊（矯激）、白居易（淺切）、元稹（淫靡）

白居易、元稹也能文，但並不以此著稱，孟郊的文章更是從未有人稱述過。這三個人確是以詩章著聞於世的。但孟詩「矯激」，不同於白詩的「淺切」和元詩的「淫靡」；元、白二人關係深切，詩風也相近。說元詩「淫靡」，主要是指內容而言的；說白詩「淺切」，主要是指形式而言的。元稹《敍事寄樂天書》中曾將自己的創作分為十體，其中說道：「……又有以干教化者，近世婦人，暈淡眉目，綰約頭鬢，衣服修廣之度及匹配色澤尤劇怪艷，因為艷詩百餘首，詞有今古，又兩體。」可見十體之中，五、七言今體艷詩和五、七言古體艷詩發生的影響尤為巨大，所以《國史補》中標舉「淫靡」二字，用以概括元詩的特點。只是創作艷詩者可不限元氏一人，白居易也擅長此體，而且元白二人常是一起聯翩創作，元稹《為樂天自勘詩集……》詩題內云：「因思頃年城南醉歸，馬上遞唱艷曲，十餘里不絕。」白居易《與元九書》曰：「……如今年春遊城南時，與足下馬上相戲，因各誦新艷小律，不雜他篇，自皇子陂歸昭國里，迭吟遞唱，不絕聲者二十里餘。」可見白詩也可加上「淫靡」的評語。杜牧在《李戡墓誌銘》中引用李氏之言曰：「嘗痛自元和已來有元、白詩者，纖艷不逞，非莊士雅人，多為其所破壞。流於民間，疏於屏壁，子父女母，交口教授，淫言媟語，冬寒夏熱，入人肌骨，不可除去。」可見李肇之評元白，乃是互文足義，即白淺切而又淫靡，元淫靡而又淺切。

元和之時，元、白詩因淺近之故，易於傳播，而艷詩一體，易為社會中下層人物和年輕士人所接受，影響尤大。在《與元九書》中，白居易還說：「日者，又聞親友間說：禮、吏部舉選人，多以僕私試賦判傳為準的。其餘詩句，亦往往在人口中。僕悉然自愧，不之信也。及再來長安，又聞有軍使高霞寓者，欲聘娼妓，妓大誇曰：『我誦得白學士《長恨歌》，豈同他妓哉？』由是增價。……又昨過漢南日，適遇主人集眾樂，娛他賓，諸妓見僕來，指而相顧曰：『此是《秦中吟》《長恨歌》主耳。』」元稹《白氏長慶集序》則曰：「……巴蜀江楚間，洎長安中少年，遞相仿效，競作新詞，自謂為『元和體』詩，而樂天《秦中吟》《賀雨》《諷喻》等篇，時人罕能知者。然而二十年間，禁省、觀寺、郵堠、牆壁之上無不書，王公妾婦牛童馬走之口無不道……自篇章以來，未有如是流傳之廣者。」足見白詩纖艷之作當日風靡全國的盛況了。白居易自謂諸妓指稱他為「《秦中吟》《長恨歌》主」；而元稹則說《秦中吟》詩「時人罕能知者」，看來白氏只是為了標榜自己的諷諫之作，故意納入這一名字的吧。按諸實際，當時流傳最廣的恐怕也只能是《長恨歌》等詩章。

韓愈、樊宗師二人均以寫作古文著稱，但也有詩名。韓愈《南陽樊紹述墓誌銘》中介紹樊氏的述作，內有「……表箋狀策書序傳記紀志說論今文贊銘凡二百九十一篇，道路所遇及器物門里雜銘二百二十，賦十，詩七百一十九」，然後下評語曰：「多矣者，古未嘗有也。然而必出於己，不襲蹈前人一言一句，又何其難也。」這裏是指樊氏總的創作成就而言的。可見樊氏的詩歌，和他寫作的古文同樣具有「苦澀」的特點。

所謂「苦澀」，是以味覺上的感受移作品評標準的。樊氏詩文的特點是注重創新，創新的結果過份超越常規，文字佶屈聱牙，難以卒讀，這就成了「苦澀」。但由此可見，樊氏詩文的風格和韓氏的詩文的「奇詭」是一類的。孟詩「矯激」，是指態度而言的，「矯激」也者，也是與眾不同超越常規，因此孟詩的風格和韓詩的「奇詭」也是一類的。韓、孟、樊三人過往甚密，性情相近，文風一致，這是一個以「奇詭」為特色的文學流派。

張籍歌行的特點是「流蕩」。張氏與韓愈一派和元白一派都有很深的關係，他的創作，具有上述兩派的某些特點，不論從交往上來看，還是從創作上來看，都可視其某一方面的表現而歸入上述兩派之中。

李肇隨後提出的總結性意見是「元和之風尚怪」，說明上述各家的「奇詭」「苦澀」「矯激」「淺切」「淫靡」「流蕩」，都可用一「怪」字概括。奇「怪」是與「正」常相對而言的，可見這時的代表作家，其作品都已不同於被前人視作規範的作品。白居易《餘思未盡加為六韻重寄微之》詩云：「詩到元和體變新。」可見白氏也以為這一時期的文壇上確是充滿着「新」的氣象。李肇以為「尚怪」，白氏以為「變新」，可以認為是異名同實而說來各有偏執之論。

二

據今存史料，韓愈為人很倨傲，韓門弟子中也常見這種作風。他們自視甚高，行為怪誕，甚至不近人情。這在歷史上也是常見的現象。每當社會上形成某種強大的傳統力量，對人形成壓抑之時，那麼挺身而出與之抗爭的人，往往出現過份自負而具有的反「常」現象。韓愈在意識形態領域內開拓了很多新的戰線，反駢排偶，人所共知，而在反對藩鎮的政治鬥爭中，置生死於度外，尤其表現出了他雄大的氣魄和百折不回的決心。

他與當代的文人都有交往，但關係最深的幾位，則是政治地位和社會聲望無法與之相比的孟郊、賈島等人。韓門弟子中除張籍外，李翺、皇甫湜等人都要比他晚上一輩。

韓愈和白居易於德宗、憲宗兩代曾多次同時在朝任職，但交往無多，直到穆宗長慶元年，韓愈作《雨中寄張博士籍侯主簿喜》一詩，白居易隨作《和韓侍郎苦雨》詩一首，其後韓、白同遊鄭家池，白作《同韓侍郎遊鄭家池吟詩小飲》，今存韓集未見和作。白又贈予《老戒》一篇，韓無酬和。長慶二年，韓愈有《早春與張十八博士籍遊楊尚書林亭寄第三閣老兼呈白馮二閣老》詩一首，白氏隨作《和韓侍郎題楊舍人林池見寄》一詩酬答。其後韓愈又作《同水部張員外曲江春遊寄白二十二舍人》一詩，白氏隨作《酬韓侍郎張博士雨後遊曲江見寄》作答。自此之後，兩人似已中斷了交往，白居易還有《久不見韓侍郎戲題四韻以寄之》一詩，韓愈亦未和。不難看出，白居易的態度比較主動，而韓愈的態度可以說是近乎冷淡的。[1]

就在上面提到的最後一首詩中，白居易寫道：「近來韓閣老，疏我我心知。戶大嫌甜酒，才高笑小詩。」這些雖然是「戲」話，但也怕是實情。韓愈有意識地培植後進，開拓門戶，故白氏以酒量甚宏為比，從而有「戶大」之說。他才高氣雄，喜作波濤萬頃的古詩，不像白氏那樣，喜作搖筆即來的「小律」。大約韓愈確是意識到自己「才高」，看不上白居易那種淺切的作品，所以不來酬答的吧。

和韓愈作風近似的弟子皇甫湜更是肆無忌憚地菲薄白氏。高彥休《闕史》卷上：

皇甫郎中湜氣貌剛質，為文古雅，恃才傲物，性復褊而直。為郎時，乘酒使氣，忤同列者；及醒，不自適，求分務溫洛，時相允之。值伊瀍仍歲歉食，正郎滯曹不遷，省俸甚微，困悴且甚。嘗因積雪，門無轍跡，庖突無煙。晉公時保釐洛宅，人有以為言者，由是卑辭厚禮，辟為留守府從事。正郎感激之外，亦比比乖事大之禮，公優容之如不及。先是，公討淮西日，恩賜巨萬，貯於集賢私第。公信浮屠教，且曰：「燎原之火，漂杵之誅，其無玉石俱焚者乎？」因盡搭討叛所得再修福先佛寺。危樓飛閣，瓊砌璇題，就有日矣。將致書於秘監白樂天，請為刻珉之詞，值正郎在座，忽發怒曰：「近舍某而遠徵白，信獲戾於門下矣。且某之文，方白之作，自謂瑤琴寶瑟，而比之桑間濮上之音也。然何門不可以曳長裾？某自此請長揖而退。」座客旁觀，靡不股慄。公婉詞敬謝之，且曰：「初不敢以仰煩長者，慮為大手筆見拒。是所願也，非敢望也。」正郎赬怒稍解，則請斗釀而歸。至家，獨飲其半，寢酣數刻，嘔噦而興，乘醉揮毫，黃絹立就。又明日，潔本以獻。文思古謇，字復怪僻，公尋繹久之，目瞪舌澀不能分其句。讀畢嘆曰：「木玄虛、郭景純《江》《海》之流也。」因以寶車名馬、繒彩器玩，約千餘緡，置書命小將就第酬之。正郎省札，大忿，擲書於地，叱小將曰：「寄謝侍中，何相待之薄也？某之文，非常流之文也。曾與顧況為集序外，未嘗造次許人。今者請制此碑，蓋受恩深厚爾。其辭約三千餘字，每字三四縑，更減五分錢不得。」（原註：以上實錄正郎語，故不文。）小校既恐且怒，躍馬而歸。公門下之僚屬列校，咸扼腕切齒，思臠其肉。公聞之，笑曰：「真命世不羈之才也。」立遣依數酬之。（原註：愚幼年嘗數其字，得三千二百五十有四，計送絹九千七百六十有二。[2] 後逢寺之老僧曰師約者細為愚說，其數亦同。）自居守府至正郎里第，輂負相屬，洛人聚觀，比之雍絳泛舟之役。正郎領受之，無愧色。

皇甫湜詆白文為「桑間濮上」，正是「淺切」「淫靡」的另一種說法。他把自己的文章比作「寶琴瑤瑟」，然而「文思古謇，字復怪僻」，裴度尚不能分其句讀，正是「苦澀」的「奇詭」之作。而他這種高自期許、貶抑他人的極端做法，也是「矯激」的表現。

白居易的作風與此不同。皇甫湜死後，曾有《哭皇甫郎中》之作，內云：「《涉江》文一首，便可敵公卿。」自註：「持正奇文甚多，《涉江》一章尤著。」雍容大度，和韓氏門下人物的作風相去太遠了。

由此可見，韓愈和元、白兩大派別中的人物，性格特徵與個人修養各不相同，但卻都能順着自己的個性特點，形成某種相應的風格，從而做出其獨特的貢獻。

三

元和時期，有一個在文壇上地位特殊而在政治上貢獻卓越的人物，這就是上面所提到的，既重視白居易，又尊重皇甫湜的裴度。《新唐書》本傳上説：「度退然才中人，而神觀邁爽，操守堅正，善占對。既有功，名震四夷。使外國者，其君長必問度年今幾，狀貌孰似，天子用否？其威譽德業比郭汾陽，而用不用常為天下重輕。事四朝，以全德始終。及歿，天下莫不思其風烈。」可見他在當時的聲譽之隆。

一般人都以為他只是一個政治家，在平定藩鎮的軍事活動上有過重要貢獻，而較少注意他還是一個著名的文士。按裴度於貞元五年進士擢第，貞元八年中博學宏詞科，貞元十年又應制舉賢良方正、能直言極諫科，對策高等，可見他是以文學進身，而且是按唐代士人中最正規的程序進入仕途的。其後歷任校書郎、節度府書記、司封員外郎知制誥，又拜中書舍人，這些又都是文學之士最規範的官職。任過這些職務的人自然會被認作文壇上的高手。由於裴度具有這樣一種特殊的身份，綜其一身，也就沒有和文學脱離過關係。他和文壇上的一些著名人物一直保持着密切的聯繫。早在元和十二年，裴度拜門下侍郎、平章事、彰義軍節度、淮西宣慰招討處置使，統兵征伐吳元濟時，便任韓愈為行軍司馬，而當他晚年徙東都留守時，則治綠野堂，「與白居易、劉禹錫為文章，把酒窮日夜相歡」。方回《瀛奎律髓》卷十七曰：「裴晉公度，累朝元老，於功名之際盛矣，而詩人出其門尤盛。自為之詩，尤不可及。」說的確是實情。

而在當時尖銳複雜的政治鬥爭中，裴度對於那些遇到不幸的文人，還能憑藉他的地位和聲望，盡力相助，使他們免遭不測，可以說是充當了文壇保護人的角色。

《新唐書·韓愈傳》：「憲宗遣使者往鳳翔迎佛骨入禁中，三日，乃送佛祠。王公士人奔走膜唄，至為夷法，灼體膚，委珍貝，騰沓係路。愈聞惡之，乃上表曰：……表入，帝大怒，持示宰相，將抵以死。裴度、崔群曰：『愈言訐牾，罪之誠宜，然非內懷至忠，安能及此？願少寬假，以來諫爭。』帝曰：『愈言我奉佛太過，猶可容；至謂東漢奉佛以後，天子咸夭促，言何乖刺邪？愈，人臣，狂妄敢爾，固不可赦。』於是中外駭懼，雖戚里諸貴，亦為愈言，乃貶潮州刺史。」

陳振孫《白文公年譜》元和十年乙未引高彥休《闕史》曰：「公母有心疾，因悍妒得之。及嫠，家苦貧。公與弟不獲安居，常索米丐衣於鄰郡邑，母晝夜念之，病益甚……常恃二壯婢，厚給衣食，俾扶衛之。一旦，稍怠，斃於坎井。時裴晉公為三省，本廳對客，京兆府申堂狀至，四坐驚愕。薛給事存誠曰：『某所居與白鄰，聞其母久苦心疾，叫呼往往達於鄰里。』坐客意稍釋。他日晉公獨見夕拜，謂曰：『前時眾中之言，可謂存朝廷大體矣。』夕拜正色曰：『言其實也，非大體也。』由是晉公信其事，後除河南尹、刑部侍郎，皆晉公所擬……[3]彥休所記大略如此，聞之東都聖善寺老僧，僧故佛光和尚弟子也。……故刪述彥休之語以告來者。」[4]

《資治通鑑》憲宗元和十年：「王叔文之黨坐謫官者，凡十年不量移，執政有憐其才欲漸進之者，悉召至京師，諫官爭言其不可，上與武元衡亦惡之，三月乙酉，皆以為遠州刺史，官雖進而地益遠。永州司馬柳宗元為柳州刺史，朗州司馬劉禹錫為播州刺史。宗元曰：『播非人所居，而夢得親在堂，萬無母子俱往理。』欲請於朝，願以柳易播。會中丞裴度亦為禹錫言，曰：『禹錫誠有罪，然母老，與其子為死別，良可傷！』上曰：『為人子尤當自謹，勿貽親憂，此則禹錫重可責也。』度曰：『陛下方侍太后，蹔禹錫在所宜矜。』上良久，乃曰：『朕所言，以責為子者耳，然不欲傷其親心。』退，謂左右曰：『裴度愛我終切。』明日，禹錫改連州刺史。」

上引資料證明，裴度對韓愈、白居易、劉禹錫這些著名的文人都是愛護的。早期可能與韓愈的關係更為密切。因為兩人曾經共事過一段時間，在討伐割據的藩鎮這一項重大的政治問題上，意見完全一致。

出征淮西時，韓愈請先出關趨汴，向時任淮西諸軍都統的宣武節度使韓弘進說，讓他協力出兵。路過滎陽鴻溝時，作《過鴻溝》詩曰：「龍疲虎困割川原，億萬蒼生性命存。誰勸君王回馬首，真成一擲賭乾坤。」方成珪《韓集箋正》曰：「《漢書·高帝紀》：『四年九月，漢王欲西歸，以張良、陳平諫，五年冬十月，復追項羽至陽夏南，遂滅楚。』詩所謂『勸回馬首』者，正指良、平之言。時平淮之功，裴晉國實贊之，公亦有謀焉。蓋借以美裴，且自喻也。」

胡仔《苕溪漁隱叢話》前集卷十八引《蔡寬夫詩話》曰：「退之《和裴晉公征淮西時過女兒山詩》云：『旗穿曉日雲霞雜，山倚秋空劍戟明。敢請相公平賊後，暫攜諸吏上崢嶸。』而晉公之詩無見，唯《白樂天集》載其一聯云：『待平賊壘報天子，莫指仙山示老夫。』方其時意氣自信不疑如此。」可見其時二人意氣相投如此。

蔡州事平，韓愈隨裴度回朝，又有《同李二十八員外從裴相公野宿西界》《桃林夜賀晉公》《晉公破賊回重拜台司以詩示幕中賓客愈奉和》詩，可見其時賓主唱酬之密。

但裴度對韓愈的創作活動卻是不滿意的。早在其未發跡時，一當韓門弟子李翱寄書徵求意見，他就系統地提出了個人的文學見解，對韓愈的創作道路提出了批評。《寄李翺書》曰：

觀弟近日制作，大旨常以時世之文多偶對儷句，屬綴風雲，羈束聲韻，為文之病甚矣，故以雄詞遠志，一以矯之，則是以文字為意也。且文者，聖人假之以達其心，達則已，理窮則已，非故高之、下之、詳之、略之也。愚欲去彼取此，則安步而不可及，平居而不可逾，又何必遠關經術，然後騁其材力哉？昔人有見小人之違道者，恥與之同形貌，共衣服，遂思倒置眉目，反易冠帶以異也，不知其倒之、反之之非也。雖非於小人，亦異於君子矣。故文之異，在氣格之高下，思致之淺深，不在其磔裂章句、隳廢聲韻也。人之異，在風神之清濁，心志之通塞，不在於倒置眉目、反易冠帶也。……昌黎韓愈，僕識之舊矣，中心愛之，不覺驚賞。然其人信美材也！近或聞諸儕類云：恃其絕足，往往奔放，不以文立制，而以文為戲。可矣乎，可矣乎？今之作者，不及則已；及之者當大為防焉耳。

這裏是對以韓愈為首的古文運動所提出的看法。裴度的批評，主要是兩方面的問題：一是韓氏一系的古文違反寫作常規，出現了另一方面的弊端。駢文的末流常是不顧內容而只講求語言文字的形式偶對，「屬綴風雲，羈束聲韻，為文之病甚矣」。韓愈等人以「雄詞遠志，一以矯之」，這是可取的，但為反對駢文的弊病而走上另一極端，故意「高之、下之、詳之、略之」「磔裂章句，隳廢聲韻」，則仍是「以文字為意」，這樣也就難以避免類同之病了。趙翼《甌北詩話》卷三曰：「盤空硬語，須有精思結撰，若徒挦撦奇字，詰曲其詞，務為不可讀以駭人耳目，此非真警策也……至如《南山》詩之『突起莫間簉』『詆訐陷乾竇』『仰喜呀不仆』『塩塞生怐愗』『達枿壯復奏』；《和鄭相樊員外》詩之『稟生肖剿剛』『烹斡力健倔』『龜判錯袞黻』『呀豁疚掊掘』；《征蜀》詩之『剟膚浹痍瘡，敗面碎剠刮』『岩鈎踔狙猿，水漉雜鱣蝟；投奅鬧碚礐，填隍傶傄僒』『爇堞熇歊熺，抉門呀拗闓』『跧梁排郁縮，闖竇揳窋窡』；《陸渾山火》之『盂池波風肉陵屯』『雹光礹硉頳目暖』。此等詞句，徒聱牙轖舌，而實無意義，未免英雄欺人耳。」韓詩中出現的這類問題，在古文寫作中也有反映，裴度的意見恐怕也是有見於此而發的吧。二是韓愈思想「往往奔放」「以文為戲」，突破了儒家確立的文學規範。儒家主張溫柔敦厚，韓愈的《雜說》等文，卻時時雜以嘲戲，這是違反儒家旨意的地方。儒家向來視小說為小道，而韓愈卻寫作《毛穎傳》等文，甚至在《試大理評事王君墓誌銘》中也要插入一個詭譎的娶婦故事，這裏他以古文大師的身份而與新興「浮薄」的傳奇作者相呼應，也是引起人們非議的地方。韓門弟子之一，與元、白關係深切的張籍就曾多次上書規諫，《上韓昌黎書》曰：「執事聰明，文章與孟子、揚雄相若，盍為一書以興存聖人之道，使時之人後之人，知其去絕異學之所以乎？曷可俯仰於俗，囂囂為多言之徒哉？然欲舉聖人之道者，其身亦宜由之也。比見執事多尚駁雜無實之說，使人陳之於前以為歡，此有以累於令德。」《上韓昌黎第二書》曰：「君子發言舉足，不遠於理，未嘗聞以駁雜無實之說為戲也。執事每見其說，亦拊卞呼笑，是撓氣害性，不得其正矣。苟正之不得，曷所不至焉。或以為中不失正，將以苟悅於眾，是戲人也，是玩人也，非示人以義之道也。」這與裴度評論的精神也是一致的。

如上所述，裴度不但是勳業重臣，而且是文壇大佬。他的《寄李翺書》，就是用完美的古文寫作的，而他歷掌御前筆札，在駢文寫作上必然也有深厚的修養，因此他的批評，代表着行家的正統觀念。於此可見，在中唐文壇上，韓愈的創作因力求創新而出現了許多礙眼的成份，時人以其破壞常規而頗多指責。

對於這種情況，韓愈早有所知，但他持不屑一顧的態度，決心為貫徹個人的文學主張而抗爭到底。《與馮宿論文書》曰：「辱示《初筮賦》，實有意思，但力為之，古人不難到，但不知直似古人，亦何得於今人也？僕為文久，每自則意中以為好，則人必以為惡矣！小稱意，人亦小怪之；大稱意，即人必大怪之也。時時應事作俗下文字，下筆令人慚，及示人，則人以為好矣。小慚者，亦蒙謂之小好；大慚者，即必以為大好矣。不知古文直何用於人世也？然以俟知者知耳。」這種力排眾議堅持自己文學主張的做法，也就是裴度所說的「昔人有見小人之違道者，恥與之同形貌，共衣服，遂思倒置眉目，反易冠帶以異」了。可見韓愈的古文革新運動，在奮力前進的過程中，遇到的問題是不少的。但他力排眾議，堅持自己的創作道路，終於開闢了一條新的創作途徑，並取得了巨大的成就。

四

這在過去是一種被認為絕對正確的觀點：有人認為世界觀決定一切，而世界觀中最為重要的就是其政治觀，文學觀則從屬於政治觀，因此研究工作者探討作家的文學觀時，首先得考察這位作家的政治觀。這種意見對研究工作起着有害的作用。作家研究往往流為片面的政治分析。

其實這種認識是不合實情的。就以韓愈、柳宗元、劉禹錫等人對淮西軍事的評價來說，也可看到政治觀點與文學觀點的不能相互替代。

在這次軍事活動中，韓愈堅決支持主戰派裴度，積極配合其行動，並做出了貢獻。事成之後，他在奉命撰作《平淮西碑》時，又將首功歸於裴度。但如上所言，裴度對韓愈的文學創作頗有保留意見，沒有引薦他擔任過甚麼文字方面的要職。裴度與韓愈的一致之處，主要在政治方面。

劉禹錫在貶斥遠州時，受到過裴度的援救之恩，但在評價淮西之役時，卻是不滿於韓愈的過份歸功裴度，從而不滿於韓愈的《平淮西碑》，轉而讚揚段文昌的《平淮西碑》。事後看來，裴度不以此為忤，反而引薦他出任文字方面的要職。說明劉禹錫在文學方面與裴度的品評標準更為一致。

這就說明，劉禹錫和韓愈之間，不但在政治觀點上，而且在文學觀點上，都存在着分歧。

柳宗元死後，劉禹錫奉命為之編纂《柳河東集》，他打破了總集前端首列賦體的慣例，將《平淮夷雅》置於全書之首，說明他對柳文中的這一部份特別重視。這樣做，頗有與韓愈分庭抗禮的意思。

劉禹錫在與韋絢閒談時一再吐露過心聲。他曾說：

柳八駁韓十八《平淮西碑》曰：「『左飧右粥。』何如我《平淮夷雅》之云『仰父俯子』。」禹錫曰：「美憲宗俯下之道盡矣。」柳云：「韓《碑》兼有帽子，使我為之，便說用兵討叛矣。」（《唐語林》卷二，原出《劉賓客嘉話錄》）

柳宗元和韓愈都是古文運動中的主將。他們在反對駢文寫作古文的活動中，都做出過巨大的貢獻，但由於兩人在氣質秉性和生活道路等方面有差異，在文學觀點上也就有很多不同。即以上面提到的句法與章法方面的問題而言，也說明了兩人的着眼之點與致力之處有所不同。

林紓《春覺齋論文》在《用字四法》中提到古文寫作中有一種「拼字法」，云「古文中拼字，原不能一着纖佻，然用此拼集莊雅之字，亦足生色。蓋拾取古人用過字眼，便嫌飣餖，故能文者恆自拼集，以避盜拾之嫌。」唐代古文大家韓、柳最擅長此法。用這種方法構成的句子，往往給人一種矯奇不群的感覺，而這正是韓愈等人所刻意追求的。《平淮西碑》中就有「聖子神孫」「文恬武嬉」「兵利卒頑」「進戰退戮」「左飧右粥」等句，《平淮夷雅》中也有「南征北伐」「歸牛休馬」「衝勇韜力」「右翦左屠」「仰父俯子」等句。比較起來，柳宗元造的句子比較平實，沒有甚麼弊病，但似缺乏奇警的深致。韓愈的造句則好壞懸殊，如「文恬武嬉」，就是以其語新意奇而被納入了我國常用成語的行列；而如「左飧右粥」之句，則由刻意求新而流於晦澀費解。大約這也就是裴度批評的「以文字為意」的磔裂章句之病了。

張戒《歲寒堂詩話》卷上曰：「柳柳州詩，字字如珠玉，精則精矣，然不若退之之變態百出也。」這是很有見地的說法，玩味二人的詩文，當有同感。

劉禹錫還說：

段相文昌重為《平淮西碑》，碑頭便曰：「韓弘為統，公武為將。」用左氏「欒書將中軍，欒黶佐之」，文勢也甚善，亦是效班固《燕然碑》樣，

別是一家之美。（《唐語林》卷二，原出《劉賓客嘉話錄》）

韓、段二家《平淮西碑》的優劣之爭，是唐史上的一樁重要公案。從劉禹錫的上述言論來看，即使在文筆方面，他也更為欣賞段文昌的《平淮西碑》。

以他所舉的例句而言，可知他是主張用駢體寫作紀碑文的。《文心雕龍．誄碑》篇中說：「碑實銘器，銘實碑文。……是以勒石贊勳者，入銘之域。」段文昌的《平淮西碑》，仿效班固的《封燕然山銘》而作。班固寫作此銘，喜用駢句，宣揚漢家天子的聲威和車騎將軍竇憲的功績。段文昌作《平淮西碑》，宣揚大唐天子的宏圖與裴度、李愬等人的功勳，情況有類似處。況且唐代奉旨撰述的文字，大都用駢文寫作，段文昌此文，用的是通行的駢體，劉禹錫贊成這種文體，卻不能正確地理解韓愈力圖用古文創作打破皇家公文程式的用心。

韓愈的《平淮西碑》，反映了他以復古為革新的創作特點，所謂「點篡《堯典》《舜典》字，塗改《清廟》《生民》詩」，文章開端，模仿典謨訓誥中曉示下屬的口吻，加上了一段敘述「聖子神孫」功業和憲宗指揮三軍的文字，這幾乎佔到全文的一半，所以柳宗元就嫌它「前有帽子」，不是單刀直入觸及本題了。劉禹錫還說：「韓《碑》

柳《雅》，予為詩云：『城中晨雞喔喔鳴，城頭鼓角聲和平。』美李尚書愬之入蔡城也。須臾之間，賊都不覺。」這也是反對韓文敘事之前加帽子的意思。

韓愈與柳、劉立論的分歧，原因是多方面的。韓愈是從平藩鎮之亂的大局着眼，從而推崇裴度的戰略措施。柳、劉是從雪夜入蔡州的戰績着眼，從而推崇李愬的戰術成功。韓愈畢竟是創立宗派的大師，敢於破除常規，製作格調高亢的鴻文，儘管有人指出此文開端敍事與史實多不合，但堂廡博大，還是寫出了憲宗一時的聲威。柳宗元和劉禹錫是熱衷於參政注重事功的人，而在創立文派方面氣魄稍遜，因此他們自矜自許的那些歌頌平淮西的文字，寫得都很精當具體，然而氣魄文勢，則不能不說有遜於韓文。

但劉禹錫注重駢體的看法，卻與裴度一致。上面說到，裴度可以作為唐代正統文風的代表，他曾引薦劉禹錫主持御前筆札，可見劉禹錫的創作活動和文學觀點正代表了當代的正統文風。

趙璘《因話錄》卷三商部下曰：「元和以來，詞翰兼奇者，有柳柳州宗元、劉尚書禹錫及楊公。劉、楊（敬之）二人，詞翰之外，別精篇什。」《唐語林》卷二《文學》載宰相楊嗣復對文宗曰：「今之能詩，無若賓客分司劉禹錫。」足見劉禹錫的詩文，也是享有一時盛名的。

劉禹錫喜歡微文譏嘲，但他的創作，從寫作手法來說，可沒有故意求新，從而背離正統規範，所以深得裴度的賞識。《舊唐書．劉禹錫傳》：「禹錫甚怒武元衡、李逢吉，而裴度稍知之。大和中，度在中書，欲令知制誥，執政又聞《遊玄都觀詩序》，滋不悅，累轉禮部郎中，集賢院學士。」[5]說明裴度的薦舉劉氏，雖因政治上的原因未能如願，但是畢竟由此而使他進入宮廷文人學士的行列之中。自此之後，在裴度的提攜下，仕途也就平坦起來了。

盛唐時期名家輩出。詩文上的成就異常突出。中唐時期的文壇，繼承這一時期的成果，自然會把沿着盛唐的創作道路而向前發展的人視為正統規範的體現者。劉禹錫的詩文創作，正是上承盛唐成就而來的，王士禛《唐人萬首絕句選．凡例》曰：「中唐之李益、劉禹錫，晚唐之杜牧、李商隱四家，亦不減盛唐作者云。」許印芳《律髓輯要》卷二曰：「文章一道，總不能離起承轉合之法，用之無痕者，作用在內，暗起暗承，暗轉暗合，暗中消息相通，外面筋骨不露。盛唐詩氣格高深，意味深厚，其妙在此。愚人但以形貌求盛唐，謂其無甚作用，謬矣。晚唐及宋人詩，作用在外，往往露骨，故少深厚之作。惟中唐劉中山、劉隨州，猶有盛唐遺意耳。」由此可以察知裴度激賞劉禹錫的原因。他不推薦韓愈、白居易主持御前筆札，而是推薦劉禹錫知制誥，正是因為劉氏的創作符合文壇正統規範的緣故。

方東樹在《昭昧詹言》卷十八中敍及劉禹錫《西塞山懷古》一詩時，縱論柳、劉創作上的得失，且與白居易的創作相比較，頗有啓發意義，可以參考。方氏曰：「柳子厚才又大於夢得，然境地得失，與夢得相似。」「大約夢得才人，一直說去，不見艱難吃力，是其勝於諸家處；然少頓挫沉鬱，又無自己在詩內，所以不及杜公。愚以為此無可學處，不及樂天有面目格調，猶足為後人取法也。」從劉、白二人對後世的影響來說，應該認為白勝於劉。

我在本文開始時就引用了李肇在《國史補》中論述「元和體」的一條文字，進而介紹了韓愈、孟郊、樊宗師、元稹、白居易、張籍等人的創作特色。讀者不難看出，當時文壇上也享有大名的柳宗元、劉禹錫二人卻是沒有名列其中，這很值得深入體察。柳、劉二人與上述兩大流派中人都有至為密切的關係，他們的創作成就也足與上述各家並列而無愧，李肇存而不論，確是另有其原因。看來柳、劉二人的創作並不具備「怪」的特點，他們只是沿着前人提供的條件正常地發展，在寫作技巧上沒有做出開拓性的努力，所以不能在這百舸爭流的浪潮中代表某一方向而前進，在文壇上沒有形成某一具有特色的流派，所以李肇才不加論列的吧。

原載《中華文史論叢》第四十七輯，一九九一年五月。

註釋

1 《韓愈文集》由門人李漢編訂，五代之亂未嘗散佚，所以《崇文總目》仍著錄為四十卷，柳開在《昌黎集後序》、穆修在《唐柳先生集後序》中也說韓集得其全。白氏文集乃生前手定，且抄寫五本，分付廬山東林寺、蘇州禪林寺、東都聖善寺、侄龜郎、外孫談閣童保存。因為韓、白二氏的文集保存得比較完整，以此觀察二人酬唱之概況，當接近事實真相。

2 「六十」二字原闕，據《唐語林》卷六「皇甫湜氣貌剛質」條引文補。

3 陳寅恪《元白詩箋證稿》附論《白樂天之先祖及後嗣》曰：「高氏所述關於裴晉公一節，核以年月，不無可疑，蓋樂天母以元和六年四月歿，而是時晉公尚未為宰相也。但樂天母以悍妒致心疾發狂自殺一點，則似不能絕無所依據而偽造斯說。」按：此時裴度「為三省」，乃在三省任職之謂，並非定然拜相。顧學頡《白居易世系家族考》據《舊唐書．憲宗紀》考知，元和五年至七年，裴度為司封員外郎（後升郎中）知制誥；元和七年，薛存誠任給事中，《闕史》中都以後日官位指稱裴、薛二人。白母死時，居易官京兆府戶曹參軍，仍充翰林學士，辭官守制，例由京兆府向中書省申狀，故裴度得以預聞此事。可見《闕史》中的記載，合乎情理，應當可信。文載《顧學頡文學論集》，中國社會科學出版社一九八七年版。

4 今本《闕史》無此文，恐是後人刪去。張耒《右史集》卷四八《題賈長卿讀高彥休續白樂天事》曰：「高彥休作《唐闕史》，辨白樂天無因母墜井作《賞花》《新井》詩，賈子又從而續辨之。」可證《闕史》原書中確有此文。

5 此說與事實稍有不合。錢大昕《諸史拾遺》卷二曰：「禹錫本自和州除主客郎中分司東都，其時初未到都，次年方以裴度薦起元官，直集賢院，方得到京，《玄都》正在此時，距元和十年乙未，自朗州被召，恰直十四年矣。集中又有《蒙恩轉儀曹郎依前充集賢學士舉韓湖州自代》詩，可見禹錫初入集賢尚是主客，後乃轉禮部。史云以薦為禮部郎中，集賢直學士，亦未核也。」

韓愈的《永貞行》以及他同劉禹錫的交誼始末

一

顧嗣立《昌黎先生詩集注》卷三評《永貞行》曰：「此詩前半言小人放逐之為快，後半言數君貶謫之可矜，蓋為劉、柳諸公也。」

陳祖範《記昌黎集後》曰：「予讀韓文公《順宗實錄》及《永貞行》，觀劉、柳輩八司馬之冤，意公之罪狀王、韋，實有私心，而其罪固不至此也。……退之於伾、文、執誼有宿憾，於同官劉、柳有疑猜，進退禍福，彼此有不兩行之勢。而伾、文又速敗，於是奮其筆舌，詆斥無忌，雖其事之美者，反以為惡，而劉、柳諸人朋邪比周之名成矣。史家以成敗論人，又有韓公之言為質的，而不詳其言之過當，蓋有所自。予故表而出焉，非以劉、柳文章之士而回護之也。」[1]

顧、陳二家之說，對於《永貞行》的內容、韓愈的創作態度，以及此詩所產生的影響，理解比較正確，後人自可據此而做深入一層的挖掘。

實際説來，王叔文一夥在順宗一朝的所作所為，和韓愈沒有甚麼直接的關係，因為韓愈在貞元十九年底以天旱人飢奏請停徵京兆府税錢及田租，為人所讒，貶為連州陽山令。貞元二十一年夏秋之際，遇赦離陽山，俟命於郴州，八月授江陵法曹參軍，九月初赴江陵。直到憲宗元和元年六月，召拜國子博士，始得還朝。王叔文等人的政治活動，一系列措施的推行，僅限於貞元二十一年一月至八月，那時韓愈正以有罪之身漂泊在外，自無捲入政治漩渦之可能。

王叔文等人採取的措施，如罷免貪官、壓抑藩鎮等，和韓愈平素的主張也是一致的，按理來説，應當得到他的支持，因此有的研究工作者認為韓愈實際上是同情所謂「永貞革新」的。但這與韓愈在《永貞行》中表明的態度顯然不合。在此詩中，韓愈口誅筆伐，其口氣之嚴厲，用字之尖刻，已經到了一般封建文人都難於接受的地步。錢仲聯先生的《韓昌黎詩繫年集釋》曾引各家之説，逐一加以駁正，如此又怎能説得上是韓愈同情所謂「永貞革新」的呢？

韓愈的《順宗實錄》是朝廷的史冊，根據古來的傳統，要求善惡必書，因此王叔文集團中的一些善政確是得到了較為接近事實的記錄，但《順宗實錄》內也記下了這一集團中人的不少劣跡。韓愈有關後一方面的文字，和他在《永貞行》中的描寫是一致的。他和王叔文集團之間始終畫下一條明確的界線。儘管這一集團中有他的朋友柳宗元、劉禹錫在內，但他一直以猛烈攻擊這一集團為己任，而且不斷地在這些朋友之前提醒這一界線的存在。

王叔文集團的一些政治活動，還是經得起歷史檢驗的，因此自宋代起，就已有人為之鳴冤了。韓愈那些過激的批判，也就引起了後人的反感。譚獻《復堂日記》卷七曰：「《十七史商榷》於唐獨表王叔文之忠，非過論也。予素不喜退之《永貞行》，可謂辯言亂政。」近人對於王叔文集團的進步意義有了更多的認識，由是對韓愈的聲討也就更見猛烈了。

韓愈和柳宗元、劉禹錫的關係，經常處在一種微妙的狀態之中，彼此之間既有相互欽敬的一面，也有很多的隔閡和矛盾。只有聯繫中唐時期的政治形勢，分析各種人物的動態，明確彼此的立場，掌握他們的思想情緒，才能對《永貞行》一詩獲得完整的理解。

二

韓愈是個家族觀念很強的人，而且頗以家世自負。自他的父輩起，到他的下一代，即使是那些碌碌無為的韓氏子孫，在他寫作墓誌銘時，也總要說上幾句好聽的話，如稱韓岌「少而奇，壯而強，老而通」（《虢州司戶韓府君墓誌銘》），韓俞「卓越豪縱」（《四門博士周況妻韓氏墓誌銘》），韓介「為人孝友」（《韓滂墓誌銘》）之類。

而在韓愈一族中，卻是少有地位尊顯的人物，其中要數叔父雲卿的名聲較大。李白《武昌宰韓君去思頌碑序》中說：「雲卿，文章冠世，拜監察御史，朝廷呼為子房。」韓愈於《科斗書後記》中說：「愈叔父當大曆世，文辭獨行中朝，天下之欲銘述其先人功行取信來世者，咸歸韓氏。」其後韓愈以寫作古文揚名於世，而且專精於寫作碑誌，應當接受過這位叔父的影響。

但與韓愈關係最為深切，對其影響最為巨大的家人，首推長兄韓會。韓愈早年很不幸，生下不到兩個月，就失去了母親；三歲時，父親仲卿也去世了。其後就由韓會哺養。七歲隨兄遷居長安，從之讀書。十歲時，韓會貶官，隨之謫居韶州；直到十三歲，韓會去世，韓愈始終隨從着長兄。這時所經歷的一切，自然會在他幼小的心靈上銘刻下烙印。

韓會死後，韓愈由長嫂鄭氏哺養，備歷艱辛，至於成立。《祭鄭夫人文》中詳敍撫育之情，直是聲聲血淚，可見其受恩之深。俗語說：「長兄為父，長嫂為母。」特別是像韓愈這樣的經歷，真正體現了封建社會家族關係中的這一人倫準則。祭文中也說：「視余猶子，誨化諄諄」；「昔在韶州之行，受命於元兄，曰：『爾幼養於嫂，喪服必以期。』今其敢忘？天實臨之！」足見他對兄嫂的感情之深。

但在韓愈的生花妙筆之下，卻有一件難於實錄的事，那就是韓會的遭貶。因為此事委實不太光彩，韓會是因黨附權奸元載而受到懲處的。

韓愈成名之時，上距元載之死，已有二三十年的間隔，歷史已為這位顯赫一時的人物作出了定論。他玩弄權謀，培植私黨，貪贓納賄，聲名狼藉。由這一案件而遭貶的人，自然也是名聲不佳的了。

但韓會卻是一位自命甚高的人物。《舊唐書．崔造傳》曰：「永泰中，與韓會、盧東美、張正則為友，皆僑居上元。好談經濟之略，嘗以王佐自許，時人號為『四夔』。」錢易《南部新書》卷丙記載全同，當是襲用前人著作而著錄的，此說所從出的原書已佚，諒來是中唐時期的人所記。李肇《國史補》卷下還說：「韓會與名輩號為『四夔』，會為夔頭。」可見他在這些人物中的突出地位。

這一些人雖然自命甚高，但並沒有甚麼卓越的才能。因為政治上無所建樹，所以也沒有甚麼記載流傳下來。崔造僉緣際會，雖曾一度拜相，但新、舊《唐書》上都說他「不能權濟大事」，「蒞事非能」；韓愈懷着特殊的感情為盧東美作墓誌，也只能說是「在官舉其職」而已。韓會的政治活動一開始就遭到挫折，未能充份施展才能，但在他得意時，似乎也沒有甚麼突出的表現。

於是韓愈只能從「德行」上去表揚先兄了。《考功員外盧君墓誌銘》曰：「愈之宗兄故起居舍人君以道德文學伏一世。其友四人，其一范陽盧君東美。少未出仕，皆在江淮間，天下大夫士謂之『四夔』，其義以為道可與古之夔、皋者侔，故云爾。或曰：『夔嘗為相，世謂「相夔」。』四人者，雖處而未仕，天下許以為相，故云。」《韓滂墓誌銘》曰：「起居有德行言詞，為世軌式。」但這是無論如何不能自圓其說的。這樣一位擬於夔、皋的聖者，卻因依附聲名狼藉的權奸而遭貶，這真是最大的諷刺。對於深受長兄養育之恩而又以家世自負的韓愈來說，確是不太容易啓口的。

於是他就只能虛晃一槍，推說韓會之貶乃因遭到了讒言。《祭鄭夫人文》中說：「年方及紀，薦及凶屯。兄罹讒口，承命遠遷。」只是這種說法提不出甚麼事實根據，缺乏說服力。因為元載一黨的覆沒，是當時朝廷上的一件大事，韓會之貶，為的是關係不同尋常。《舊唐書·代宗本紀》大曆十二年夏四月「癸未，以右庶子潘炎為禮部侍郎。貶吏部侍郎楊炎為道州司馬，元載黨也。諫議大夫知制誥韓洄、王定、包佶、徐璜，戶部侍郎趙縱，大理少卿裴翼，太常少卿王紞，起居舍人韓會等十餘人，皆坐元載貶官也」。《資治通鑒》卷二二五代宗大曆十二年四月「癸未，貶吏部侍郎楊炎，諫議大夫韓洄、包佶，起居舍人韓會等，皆載黨也」。可見韓會確是元載一黨的核心人物，這是韓愈無法為之洗刷的。

韓會曾撰〈文衡〉一文，對韓愈影響至巨。王銍《韓會傳贊》曰：「觀〈文衡〉之作，益知愈本六經、尊皇極、斥異端、節百家之美，而自為時法。立道雄剛，事君孤峭，甚矣其似會也。孟子學於子思，而道過之，聖人不失其傳者，子思也。會兄弟師授偉矣！」[2]足以說明韓會的文學事業曾給韓愈以啓導。他在政治上的顛躓，也就成了韓愈的隱痛，自會引起他深沉的思考。

三

我國古代士人對其出處，常是表現為兩種態度。一種是科舉出身，逐級升遷，不圖幸進，也不急於求成。一種是自負其才，以管、樂自許，平時注意傳播名聲，希望獲得有力者的援手，遽躐高位，一展抱負。每當政治發生危機、社會處於動亂時，後一類人就更有冒頭的機會。即以唐代而言，玄宗至代宗時，曾經出現過張鎬、李泌等人物。可見這條終南捷徑還是頗有吸引力的。

一些服膺儒術的人，則常是以夔、皋自許，猶如杜甫自命稷、契，希望「致君堯舜上」一樣。這一類人大都迂闊無能，但如房琯之在玄宗、肅宗時，虛名還是很大的，且對高遷也發生了影響。「四夔」之輩，看來走的就是後一條路。然而號稱「夔頭」的韓會，卻不慎墜入元載一黨，落得個不光彩的下場。

元載出身寒微，只是利用宮廷內部的矛盾，幫助代宗誅戮威脅王室的宦官，獲得了信任，攫取了權勢。他也曾經提拔過一些能人，採取過一些有益的措施，但其為人專尚權術，放縱無忌，結果猶如暴發戶一樣，貪贓枉法，卑污至極。韓會與這樣的人交往，就是在出處大節上缺乏檢點，這是韓愈一定會引為教訓的。

他在許多文章中透露過這一消息，反覆思考過文人的出處問題。《進士策問十三首》中一首曾這樣提問：

春秋之時，百有餘國，皆有大夫士；詳於傳者，無國無賢人焉。其餘皆足以充其位，不聞有無其人而闕其官者。……今天下九州四海，其為土地大矣，國家之舉士，內有明經進士，外有方維大臣之薦，其餘以門地勳力進者，又有倍於是，其為門戶多矣，而自御史台、尚書省，以至中書、門下省，咸不足其官，豈今之人不及於古之人邪？何求而不得也？夫子之言曰：「十室之邑，必有忠信如丘者焉。」誠得忠信如聖人者，而委之以大臣宰相之事，有不可乎？況於百執事之微者哉！古之十室必有任宰相大臣者，今之天下而不足士大夫於朝，其亦有說乎？

古代的事，現在為甚麼行不通？社會發生了變化，士子怎樣走上仕途才算是合乎規範？他的結論是：不能汲汲於富貴，不能為了輕躁幸進而獲禍。《與衛中行書》中說：

……至於汲汲於富貴，以救世為事者，皆聖賢之事業，知其智能謀力能任者也，如愈者又焉能之？……然則僕之心或不為此汲汲也。其所不忘於仕進者，亦將小行乎其志耳，此未易遽言也。凡禍福吉凶之來，似不在我，唯君子得禍為不幸，而小人得禍為恆；君子得福為恆，而小人得福為幸，以其所為，似有以取之也。必曰「君子則吉、小人則凶」者，不可也。賢不肖存乎己，貴與賤、禍與福存乎天，名聲之善惡存乎人。存乎己者，吾將勉之；存乎天、存乎人者，吾將任彼而不用吾力焉。其所守者，豈不約而易行哉？

就在韓愈進入仕途時，恰又遇到了一次類似前代政局的局面。出身寒微的王伾、王叔文等人，利用侍奉太子李誦的機會，正在搜羅人才，培植勢力。這時正值德宗行將病故，重病在身的李誦即將代立，這對急於用事的人來說，正是日後飛黃騰達的一條捷徑，也是施展抱負的大好時機。韋執誼就是看到了王叔文的受寵而依附上去的。《順宗實錄》卷五曰：「叔文，越州人，以棋入東宮。頗自言讀書知理道，乘間常言人間疾苦。上將大論宮市事，叔文說中上意，遂有寵。因為上言：『某可為將，某可為相，幸異日用之。』密結韋執誼，並有當時名欲僥幸而速進者陸質、呂溫、李景儉、韓曄、韓泰、陳諫、劉禹錫、柳宗元等十數人，定為死交，而凌准、程異等又因其黨而進，交遊蹤跡詭秘，莫有知其端者。」韓愈當時已有一定的名聲，又是熱衷於仕進的人，但他能在這種關鍵的時候自別於「欲僥幸而速進者」之流，不能不說是汲取了他先兄的教訓。

貞元二十一年，即永貞元年，劉禹錫年三十四歲，柳宗元年三十三歲，正是意氣風發之時。二人少有才名，又有很大的政治抱負，這時遇到施展才能的大好機會，也就很自然地和王叔文等人結合在一起了。《新唐書．劉禹錫傳》曰：「素善韋執誼。時王叔文得幸太子，禹錫以名重一時，與之交，叔文每稱有宰相器。太子即位，朝廷大議秘策多出叔文，引禹錫及柳宗元與議禁中，所言必從。擢屯田員外郎，判度支、鹽鐵案，頗馮藉其勢，多中傷士。……凡所進退，視愛怒重輕，人不敢指其名，號『二王、劉、柳』。」又《王叔文傳》曰：「時景儉居親喪，溫使吐蕃，惟質、泰、諫、准、曄、宗元、禹錫等倡譽之，以為伊、周、管、葛復出，惘然謂天下無人。」可見這一批人，正像前代的「四夔」一樣，也是「以王佐自許」的。

柳宗元死後，韓愈為作墓誌，一再說到柳氏「少精敏」「嶄然見頭角」「俊傑廉悍」「踔厲風發」。「子厚前時少年，勇於為人，不自貴重顧藉，謂功業可就，故坐廢退」，可以說是走上了和韓會等人類似的道路。

韓愈在《永貞行》中譴責王叔文等一夥人時，有句云：「夜作詔書朝拜官，超資越序曾無難。」這是帶有總結歷史經驗性質的意見，他是反對幸進而主張循資順序的。

韓愈看到了宦海風波，不再「汲汲於富貴」，在出處上甚為審慎。劉、柳卻想「超資越序」而立抵卿相，以至重蹈他人之覆轍。這就決定了二者政治態度上的差異，也就引起了日後一系列的矛盾和隔膜。

就在貞元十九年，王叔文集團公開的前夕，韓愈被遠貶到連州陽山。他為甚麼遭到斥逐，史書上的記載紛紜不一，直到現在得不出可信的結論。按照韓愈自己的記敘來看，他是認為這同王叔文一夥的弄權有關。

韓愈在詩文裏經常提到這一不愉快的事件。《赴江陵途中寄贈王二十補闕李十一拾遺李二十六員外翰林三學士》曰：

孤臣昔放逐，血泣追愆尤，汗漫不省識，恍如乘桴浮。或自疑上疏，上疏豈其由？……適會除御史，誠當得言秋，拜疏移閤門，為忠寧自謀？上陳人疾苦，無令絕其喉；下言畿甸內，根本理宜優。積雪驗豐熟，幸寬待蠶麰。天子惻然感，司空嘆綢繆，謂言即施設，乃反遷炎州。同官盡才俊，偏善柳與劉。或慮語言洩，傳之落冤仇。二子不宜爾，將疑斷還不。……

這裏他對遭貶的原因做了兩種不同的分析。說是為了「御史台上論天旱人飢狀」吧，那已經得到了天子和宰臣的贊同，因而「上疏豈其由？」這種可能性應該排除。這也就是說：遭到京兆尹李實的報復而遭打擊的說法，韓愈當時也是不相信的。

看來他是懷疑一起擔任監察御史的好友柳宗元和劉禹錫洩露了「語言」，所以「傳之落冤仇」的。這定然是一種機密的「語言」，得罪了另一批幕後的權臣。此句之後雖然緊接着也排除了這種假設，但這裏可能只是一種巧妙的遁詞。韓愈於此本找不到甚麼確鑿的證據，不便把話說死，而且李程等人和柳、劉交情很深，因而只能欲吐又吞。但他如果已從根本上排除了這種懷疑，那又為甚麼要在共同的朋友面前提起這樁不愉快的往事？

再把上述兩層意思聯繫起來考察，韓愈的真意似在說明，他因上《天旱人飢狀》而獲罪，這只是表面現象，不是根本原因。問題的實質是得罪了王叔文一夥，而語言不慎，可能是由劉、柳二人傳過去的。王叔文一夥假借上疏之事暗中活動，對他施加打擊。

貞元二十一年夏秋之際，韓愈遇赦離開陽山，在郴州待命。這時的一些經歷，加深了他的懷疑。當時王叔文集團正如日當天，柳宗元、劉禹錫等人大權在握，為甚麼不對橫遭不幸的好友一伸救援之手？貞元二十一年正月辛酉，王叔文等人一上台，就把京兆尹李實貶為通州長史，並以詔書的形式宣佈他的罪狀，那他們為甚麼不把前此早已彈劾此人的韓愈引為同類而召喚入京呢？

韓愈不能不感到失望和憤懣，他在《八月十五日夜贈張功曹》一詩中說：

> 昨者州前搥大鼓，嗣皇繼聖登夔皋。赦書一日行萬里，罪從大辟皆除死。遷者追回流者還，滌瑕蕩垢清朝班。州家申名使家抑，坎坷只得移荊蠻。

方崧卿《韓集舉正》卷一曰：「以文意考之，蓋言追還之人，皆得滌瑕垢而朝清班，惟己為使家所抑，故只量移江陵也。」使家指當時擔任湖南觀察使的楊憑。陳景雲《韓集點勘》卷一曰：「公自陽山遇赦，僅量移江陵法曹，蓋本道廉使楊憑故抑之，贈張功曹詩所謂『州家申名使家抑，坎坷只得移荊蠻』是也。時韋、王之勢方熾，『憑之抑公，乃迎合權貴意耳。』」錢仲聯《韓昌黎詩繫年集釋》補釋則曰：「楊憑為柳宗元妻父，自必仰承伾、文一黨意旨。公與（張）署之被抑，宜也。」聯繫前此的陽山之貶，再和眼前的形勢聯繫起來，使得韓愈更加懷疑，這些事情的背後確由王叔文一夥人在操縱。其時王叔文黨已經逐漸失勢，但楊憑還是能夠利用權勢阻難他回朝。韓愈前遭打擊，後遭壓抑，不由得對王叔文一夥增加了敵對的情緒。

韓愈政治上的升沉，和王叔文一黨力量的消長成反比。等到這一集團正式登台，韓愈才更明確認識到自己屢遭厄難的原因；等到這一集團垮台，才看到了抬頭的機會。於是他在《憶昨行和張十一》一詩中又說：

> 念昔從君渡湘水，大帆夜划窮高桅。陽山鳥路出臨武，驛馬拒地驅頻隤。踐蛇茹蠱不擇死，忽有飛詔從天來，伾、文未揃崖州熾，雖得赦宥恆愁猜。近者三奸悉破碎，羽窟無底幽黃能。眼中了了見鄉國，知有歸日眉方開。

但令人費解的是，韓愈在甚麼事情上得罪了王叔文集團？他在朝時，這一集團還未走向前台，他們的政治措施，還未公之於世，韓愈即使暗中計議，也難於具體論列。想來當是柳宗元、劉禹錫等人與之過往甚密，韓愈憑着自己的政治經驗，對二王的作風有所評議，在柳、劉面前表露過，或者進行過規勸，希望他們不要輕躁冒進。其時韓愈還作有《君子法天運》詩，內云：「君子法天運，四時可前知；小人惟所遇，寒暑不可期。利害有常勢，取捨無定姿。焉能使我心，皎皎遠憂疑。」方世舉《韓昌黎詩集編年箋注》卷二以「此詩為劉禹錫、柳宗元比伾、文而作」，或許接近事實。當時韓愈曾經申述過自己的觀點，其後他就遭到一系列的打擊和迫害，這就不能不使他懷疑到這兩位好友洩露了「語言」。

永貞元年八月，憲宗即位，標誌着王叔文集團的敗端已露，韓愈乃得量移江陵法曹參軍。當他路過岳陽時，作《岳陽樓別竇司直》一詩，重提此事。

> 念昔始讀書，志欲干霸王，屠龍破千金，為藝亦云亢。愛才不擇行，觸事得讒謗，前年出官由，此禍最無妄。公卿採虛名，擢拜識天仗，奸猜畏彈射，斥逐恣欺誑。新恩移府廷，逼側廁諸將，於嗟苦駕緩，但懼失宜當。……

竇庠隨作《和韓十八侍御登岳陽樓》一詩，但對韓愈的牢騷不置隻字。可能因為事出曖昧，旁人無從了解真相，因此對於韓愈前此遭貶之事略而不談。

是年九、十月間，王叔文集團的政治鬥爭宣告失敗，劉禹錫遭嚴譴，貶為連州刺史，正路過江陵，從而獲得與韓愈見面的機會。這時的政治形勢已經徹底改變。根據當時的政治標準來看，韓愈大義凜然，見機先覺，與李實、王叔文等人做堅決的鬥爭，雖遭迫害而終不動搖，可以說是經歷了嚴峻的考驗，在政治品德上博得了聲望。劉禹錫等人則因輕躁幸進篡竊權柄而被遠斥，政治上處於下風。在韓愈看來，劉禹錫等人正是因為不聽從他的「語言」，所以才落得這種下場。

於是，韓愈拿出《岳陽樓別竇司直》一詩，要求劉禹錫屬和。這番舉動，顯然是要求劉禹錫對自己的懷疑做出解釋。韓愈的態度還算是友善的，可以說是在政治上得到了翻身之後，要求處在嫌疑之間的朋友做出必要的說明。

何焯《義門讀書記》曰：「退之出官，頗猜劉、柳洩其情於韋、王，乃此詩即以示劉，令其屬和，毋乃強直而疏淺乎？或者竇庠語次，深明劉、柳之不然，勸其因倡和以兩釋疑猜，而劉亦忍詬以自明也。」這種分析的前半部份頗有啓發意義，後半部份則是不符事實的臆斷之詞。竇庠當時權領岳州刺史，未聞同在江陵，怎能勸劉禹錫「倡和以兩釋疑猜」？而且竇庠在詩中未曾涉及前此的韓、劉事件，可見劉氏的答詩與竇庠毫無關係。

這時的劉禹錫，政治上和道義上正處於逆境，應命而作《韓十八侍御見示（岳陽樓別竇司直）詩因令屬和重以自述故足成六十二韻》，對他來説，是很難措辭的。因為他身處嫌疑之間，既不能承認甚麼，又不能否定甚麼，因此只能隨文敷衍，而在韓愈的猜疑的問題上不着隻字。

故人南台舊，一別如弦駛。今朝會荊蠻，斗酒相宴喜。為余出新什，笑抃隨伸紙。曄若觀五色，歡然臻四美。委曲風濤事，分明窮達旨。……

可以説，二人的隔閡沒有能夠消除，疙瘩沒有能夠解開。韓愈隨即又寫了這首《永貞行》贈送劉禹錫，進一步表明了自己的態度。

關於這首詩的寫作時間和贈送對象，以往已有許多人做過考證，《五百家注音辨昌黎先生全集》卷三引韓醇曰：「『郎官』『荒郡』，意指劉禹錫坐叔文黨貶連州也。公方量移江陵，而夢得出為連州，邂逅荊蠻，故作是詩。觀終篇之意，可見其為夢得作也。」有人以為詩中明言「數君」，安得專指夢得一人？柳宗元貶邵州刺史，也要經過江陵，因此這詩應當兼為劉、柳而作。但考究起來，還應以韓醇的意見為是。因為《永貞行》中提到蠻荒的一段，所謂「荒郡迫野嗟可矜，湖波連天日相騰，蠻俗生梗瘴癘烝，江氛嶺祲昏若凝。一蛇兩頭見未曾？怪鳥鳴喚令人憎，蠱蟲群飛夜撲燈，雄虺毒螫墮股肱，食中置藥肝心崩，左右使令詐難憑，慎勿浪信常兢兢」，並非掇拾陳詞，而是直陳所見。因為他剛從連州召回，而劉禹錫則要赴他前此的同一貶所，所以詩中緊接上文又說：「吾嘗同僚情可勝？具書目見非妄徵」，表明這裏是用個人的生活經驗告知故人，對象甚為具體，不包括柳宗元在內。

韓愈這時寫作《永貞行》，也就帶有強烈的個人情緒。前此無名的陽由之貶，憤恨難消；懷疑中的「語言」之洩，還是無法解開疑團，劉禹錫應囑的和詩，沒有甚麼實質性的解答，於是韓愈重作《永貞行》一詩，以總結歷史經驗為題，聲討王叔文集團。這樣，詩中也就出現了如下一些特點：

一是猛烈攻擊王叔文等人，極盡醜詆之能事。這樣做，可以進一步說明他本人政治方向的正確，滿足其時政治上的優越感。不過他卻是過甚其詞，失掉了分寸。誇大事實固不必說，內中說到「董賢三公誰復惜，侯景九錫行可嘆」，就是那些封建社會中的文人看來，也已覺得擬於不倫了。韓愈這樣高的調門，想來只會引起劉禹錫的反感。

二是關懷故友，把劉禹錫等人和二王一輩「小人」區別開來。詩中說到「四門肅穆賢俊登，數君匪親豈其朋？」表示對故友的諒解。劉禹錫在《上杜司徒書》中也介紹過韓愈對他的同情。這種態度，曾經博得很多人的讚可。但韓愈在《永貞行》中還是掩抑不住政治上佔上風之後的快意心情，何焯《義門讀書記》曰：「『具書目見』，亦有『君來路』『吾歸路』之意，非長者言也。」這種情緒或許是自然而不自覺的流露吧。

此詩最後用「嗟爾既往宜為懲」一句結束，希望劉禹錫對自己的誤入歧途引為教訓。這可不是一般的叮嚀，而是具有多層含義的告誡。大約是說當年沒有聽從他的忠告，所以遭此羞辱而貶斥南荒吧。

其後韓、劉各奔東西，似乎再無見面的機會。就在韓愈寫作《永貞行》後不久，劉禹錫改謫朗州司馬。元和十年二月，劉禹錫自朗州召回長安，三月再貶連州刺史。其時韓愈在長安，任考功郎中知制誥。這時本有機會聚首，但兩人集子中沒有留下甚麼往還的文字。

元和十二年十二月，韓愈隨裴度出征淮西有功，授刑部侍郎。次年正月大赦。劉禹錫有《與刑部韓侍郎書》，內云：

……前日赦書下郡國，有棄過之目。以大國財富而失職者多，千鈞之機，固省度而釋，豈鼷鼠所宜承當？然譬諸蟄蟲坯户而俯者，與夫槁死無以異矣。春雷一振，必歙然翹首，與生為徒，況有吹律者召東風以熏之，其化也益速。雷且奮矣，其知風之自乎！既得位，當行之無忽。

刑部侍郎掌律令刑法，有按覆讞禁之職。劉禹錫趁大赦之機，希望韓愈援手，但韓愈看來沒有甚麼表示。

長慶二年，劉禹錫任夔州刺史，有《始至雲安寄兵部韓侍郎中書白舍人二公近曾遠守故有屬焉》一詩奉寄，末云：

故人青霞意，飛舞集蓬瀛。昔曾在池籞，應知魚鳥情。

也有希望對方援手之意。其時韓愈在京師任兵部侍郎，未曾有詩酬和，也沒有甚麼措施予以援助。

看來兩人江陵一別，疙瘩沒有解開。政治鬥爭中形成的隔閡，一直到死都未能消除。這是很可惋惜的。

四

古今學者出於一種美好的願望，對於歷史上那些同時有交往的著名文人，總希望他們的友誼像水晶一樣純潔，而且自始至終沒有瑕隙。但處在複雜的社會裏，政治上的紛爭，常使那些出身、思想、性格各不相同的文人走上不同的道路，從而產生一系列的矛盾和衝突。這是歷史上常見的現象。韓愈、劉禹錫的這種凶終隙末的微妙關係就是明證，儘管有關這方面的文字記載大都閃爍其詞。

韓愈死後，劉禹錫在和州任刺史，曾有《祭韓吏部文》之作，備致仰崇之意。裏面敍及韓、柳與自己三人的情誼，也是切合實際的本色之詞。文末有云：「畏簡書兮拘印綬，思臨慟兮志莫就。生芻一束酒一杯，故人故人歆此來！」眷眷私衷，是很感人的。

但劉禹錫對韓愈是否一無意見可云了呢？朋友死後，感情激動下寫出的東西，或許只能說明事情的一個方面。要想全面考察，不能光憑這些文字。

文人的態度，常有這種情況：每當他們正式落筆著之文字時，往往是一些可以公之於世的正面意見，而當他們私下與人交談時，卻常是透露出內心的一些真實想法來。這就是筆記小說之類的著作可貴的地方。

長慶之初，劉禹錫在夔州，韋絢自襄陽來謁，求在身邊問學。韋絢是韋執誼的兒子，是劉禹錫的通家子弟，談話也就很隨便。韋絢日後作《劉公嘉話錄》一卷，記載下了很多珍貴的資料，真切地反映了劉禹錫對韓愈的一些看法。

劉禹錫也提到了「四夔」之事，他說：

> 崔丞相造布衣時，江左士人號曰「白衣夔」。時有四人，一是盧東美，其二遺忘。

這是頗為奇怪的事。「四夔」之中，韓會為「夔頭」，劉禹錫不容不知。因為他是故人韓愈的長兄，又是竭力回護的對象。「一是盧東美」之說，明從韓愈寫作的墓誌銘來，這裏怎麼反而對韓會略而不談了呢？

看來劉禹錫的態度是有意忽略，亦即存而不論。

柳宗元在《先君石表陰先友記》中也敍及韓會，說是「善清言，有文章，名最高，然以故多謗」。因為韓會乃柳鎮之友，故爾有此回護之詞的吧。但韓會從元載而遭貶，劉禹錫是一清二楚的，這樣的「白衣夔」其下場才真是可鄙的。他和柳、劉的從王叔文而遭貶，性質不同。然而韓會之事已成過去，自身的境遇卻是難於辯解，因而劉禹錫只能推說「遺忘」的吧。

劉禹錫還直接評論韓愈說：

> 韓十八初貶之制，席十八舍人為之詞，曰：「早登科第，亦有聲名。」席既物故，友人曰：「席無令子弟，豈有病陰毒傷寒而與不潔吃耶？」韓曰：「席十八吃不潔太遲。」人問之：「何也？」曰：「出語不是。」蓋忿其責辭云「亦有聲名」耳。

席夔奉旨撰擬制文，並非出於私人恩怨，只是「亦有聲名」一語略寓嘲弄之意，竟至引起韓愈如此反感。由此可見韓愈對個人的名望看得很重，對「初貶」時得到的各種待遇一直耿耿於懷，總想伺機報復，而進行攻擊時出語又甚為尖刻。這對劉禹錫來説，感受自然不同常人，因此他又説到：

韓十八愈直是太輕薄，謂李二十六程曰：「某與丞相崔大群同年往還，直是聰明過人。」李曰：「何處是過人者？」韓曰：「共愈往還二十餘年，不曾共説著文章，此豈不是敏慧過人也。」

韓愈在《進學解》中自稱「口不絕吟於六藝之文」，在《答李翊書》中又稱「行之乎仁義之途，遊之乎詩書之源」。但按上述這話來看，卻是絕非儒家的忠恕之道，也缺少溫柔敦厚的氣象，難怪劉禹錫要直詆之為「輕薄」了。韓、崔二人於貞元八年同中進士第後，一直保持着密切的關係。韓愈在《與崔群書》中說：「僕自今至少，從事於往還朋友間，一十七年矣。日月不為不久，所與交往相識者千百人，非不多，其相與如骨肉兄弟者亦且不少……至於心所仰服，考之言行而無瑕尤，窺之閫奧而不見畛域，明白淳粹，輝光日新者，惟吾崔君一人。」想不到這樣一位至親至敬之人，背後卻遭到他如此惡意的嘲弄，真是有些匪夷所思的了。柳宗元《送崔群序》中說：「崔君以文學登於儀曹，敭於王庭，甲俊造之選，首儺校之列。」而且崔群與裴度、賈餗、張籍、劉禹錫有《春池泛舟聯句》；與李絳、白居易、劉禹錫有《杏園聯句》。這樣的人，說是「二十餘年，不曾共說著文章」，也是不可思議的事。

由此可見，韓愈平時自有矯激、尖刻、好勝、重名的弊病，這在劉禹錫來說，那是體會特別深刻的。也只有掌握韓愈這些性格上的特點，才能更深刻地理解《永貞行》這詩的特點。

柳宗元《送元暠師序》曰：「中山劉禹錫，明信人也。不知人之實，未嘗言，言未嘗不讎。」可知劉禹錫的言論大都真實可信。

佚名《大唐傳載》曰：「禮部劉尚書禹錫與友人三年同處，其友人云：『未嘗見劉公說重話。』」這或許是劉禹錫年事已高時的情況。但由此也可看到，他為人厚道，不會說甚麼缺乏分寸的過頭話，而他在與韋絢談話時直斥韓愈為「輕薄」，恐怕也是蓄之已久而自然流露的不滿之詞吧。

五

韓愈的《永貞行》一詩，對中唐時期的一次重大歷史事件作了總結，因為它牽涉到許多著名文人的升沉出處，所以頗有探討的價值。在此前後，韓愈還寫下了許多與此有關的作品，應該把這一系列文字綜合起來考察，結合在此前後的政治形勢加以分析，才能進一步掌握韓愈思想發展的脈絡，了解他和柳、劉等人的不同之點，以及二者之間政治上的分歧和產生的隔閡。這對了解上述諸人的思想或許都是有所幫助的吧。

原載《中華文史論叢》一九八七年二、三期合刊。

註釋

1 載《陳司業文集》卷一。

2 見宋魏仲舉《五百家注音辨昌黎先生全集》附《韓文類譜》卷八。

「芳林十哲」考

「芳林十哲」一名，從現在還能了解到作者姓名的著作而言，首先見於盧言的《盧氏雜說》。《太平廣記》卷一八一引《盧氏雜說》，標名《蘇景（胤）張元夫》的一條文字中說：

……開成、會昌中，又曰：「鄭、楊、段、薛，炙手可熱。」又有薄徒，多輕侮人，故裴泌應舉，行《美人賦》以譏之。又有大小二甲，又有汪已甲。又有四字，言「深耀軒庭」也。又有四凶甲。又「芳林十哲」，言其與內臣交遊，若劉曄、任息、姜垍、李岩士、蔡鋋、秦韜玉之徒。鋋與岩士各將兩軍書題，求狀元，時謂之「對軍解頭」。

這一段文字，計有功《唐詩紀事》卷六十三《秦韜玉》言對軍解頭時曾加節錄。王讜《唐語林》卷四《企羨》門則全文移錄，字句多不同，請參看拙撰《唐語林校證》中之辨析，這裏不一一列舉。應該指出的是，《唐語林》中最後一句作「（蔡）鋌與岩士各將兩軍書題，求華州解元，時謂『對軍解頭』」。比之《太平廣記》《唐詩紀事》中的引文，文理更為順當。

「兩軍」與科舉的關係

唐代應試的士子，想要赴京參加進士、明經等考試，先要取得本地官府的保薦。旅居長安的士子，限於各種條件，常是難於回籍求取解送，他們一般總是利用機會，就地應試，求得京兆府的解送；假如能夠列在首十名之內，而又不發生意外，那就非常有可能取得科名。退而求其次，他們如能求得與京兆府鄰近的同州、華州的解送，也會取得良好的效果。王定保《唐摭言》卷二《爭解元》曰：「同、華解最推利市，與京兆無異。若首送，無不捷者。」難怪蔡鋌、李岩士等人要竭力爭取「華州解元」的資格了。

但這與「兩軍」又有甚麼關係呢？

「兩軍」云云，指的是左右神策軍。這是皇帝的一支禁衛部隊。唐德宗時，藩鎮割據，內亂時起，國勢危殆。他為了防止武臣跋扈，威脅王權，於是把在朱泚之亂中經過嚴峻考驗的這支軍隊改由宦官統領，以為軍權掌握在家奴手中，可以保證皇室的安全。《資治通鑒》卷二三五《唐紀》五一德宗貞元十二年「六月乙丑，以監句當左神策竇文場、監句當右神策霍仙鳴皆為衛軍中尉」。自此之後，朝廷的大權進一步落入宦官之手，皇帝反而成了受挾制的傀儡。孫光憲《北夢瑣言》卷六曰：「唐自安史已來，兵難薦臻，天子播越，親衛戎柄，皆付大閹，魚朝恩、竇文場乃其魁也。爾後置左右軍、十二衛，觀軍容、處置、樞密、宣徽四院使，擬於四相也。十六宮使，皆宦者為之，分卿寺之職，以權為班行備員而已。」兩軍中尉一直控制着唐代中後期的政局。皇帝的廢立，常由他們決定，裴庭裕《東觀奏記》卷上言「文宗將晏駕，以猶子陳王成美當璧為托。建桓立順，事由兩軍。[1]潁王即位」。可見其權勢之大。應試的士子如果持有兩軍中的書題，當然是最有力的保票了。

由此可知，士子打通兩軍的關節[2]，也就是乞求宦官的援助。《唐摭言》卷九《惡得及第》曰：

高鍇侍郎第一榜，裴思謙以仇中尉關節取狀頭，鍇庭譴之。思謙回顧，厲聲曰：「明年打脊取狀頭。」明年，鍇戒門下不得受書題，思謙自懷士良一緘入貢院；既而易以紫衣，趨玉階下白鍇曰：「軍容有狀，薦裴思謙秀才。」鍇不得已，遂接之。書中與思謙求巍峨。鍇曰：「狀元已有人，此外可副軍容意旨。」思謙曰：「卑吏面奉軍容處分。裴秀才非狀元，請侍郎不放。」鍇俛首良久，曰：「然則略要見裴學士。」思謙曰：「卑吏便是。」思謙詞貌堂堂，鍇見之改容，不得已遂禮之矣。[3]

通過這一事例，可見其時宦官之跋扈，以及科舉場中之黑暗，同時也反映出了那些奔走兩軍的士子人品低下，面目可憎。所以《唐摭言》接着上引二例曰：「黃郁，三衢人，早遊田令孜門，擢進士第，歷正郎金紫。李端，曲江人，亦受知於令孜，擢進士第，又為令孜賓佐。俱為孔魯公所嫌。文德中，與郁俱陷刑網。」[4]足見時人對於這一類人物的憎惡。《資治通鑑》咸通二年曰：「是時士大夫深疾宦官，事有小相涉，則眾共棄之。建州進士葉京嘗預宣武軍宴，識監軍之面。既而及第，在長安與同年出遊，遇之於涂，馬上相揖，因之謗議喧然，遂沈廢終身。其不相閱如此。」[5]據此亦可推知「芳林十哲」在士人心目中的地位。

「芳林」與士子的進身

「芳林」之事，實際上即指兩軍之事。《唐摭言》卷九《芳林十哲》標題之下，自註曰：「今記得者八人。」其名為沈雲翔、林絢、鄭玘、劉業、唐珣、吳商叟、秦韜玉、郭薰，王定保隨後說道：「咸通中自雲翔輩凡十人，今所記者有八，皆交通中貴，號芳林十哲。芳林，門名，由此入內故也。」

芳林門在何處，徐松《唐兩京城坊考》有說明，卷一「三苑」曰：「禁苑者，隋之大興苑也。東拒滻，北枕渭，西包漢長安城，南接都城。東西二十七里，南北二十三里，周一百二十里。正南阻於宮城，故南面三門偏於西苑之西。旁西苑者芳林門，次西景曜門，又西光化門。」芳林門下註曰：「唐末有『芳林十哲』，謂自此門入交中官也。亦謂之芳林園。元和十二年，置新市於芳林門南。」因為宦官的辦事機構內侍省位於太極宮西、掖庭宮南，自芳林門南下，就可以從西邊進入內侍省中。

上述八人中，大約要以秦韜玉的創作成就為最高。《貧女》一詩，還被蘅塘退士選入《唐詩三百首》中，因而名聲傳播甚廣，這裏不妨把這首詩引用於下。

蓬門未識綺羅香，擬託良媒益自傷。
誰愛風流高格調，共憐時世儉梳妝。
敢將十指誇針巧，不把雙眉鬥畫長。
苦恨年年壓金線，為他人作嫁衣裳。

王定保在介紹秦韜玉的出身時說：「京兆人，父為左軍軍將。」這一職務社會地位不高，所以秦韜玉在《貧女》詩中有自傷貧薄、懷才不遇之感。看來他本想倚仗自身的本領，通過科舉進入仕途，然而處在混亂的晚唐政局之中，卻無法求得正常的發展。

《唐語林》卷七曰：

秦韜玉應進士舉，出於單素，屢為有司所斥。京兆尹楊損秦復等列，時在選中。明日將出榜，其夕忽叩試院門，大聲曰：「大尹有帖！」試官沈光發之，曰：「聞解榜內有人，曾與路岩作文書者，仰落下。」光以韜玉為問，損判曰：「正是此。」

秦韜玉與路岩的關係已經不可盡知，但秦韜玉因出身寒門之故，「屢為有司所斥」，這就不能不使人感到憤慨難平。他在《貴公子行》之後半中說：「主人公業傳國初，六親聯絡馳朝東。鬥雞走狗家世事，抱來皆佩黃金魚。卻笑儒生把書卷，學得顏回忍飢面。」可見他心情之激憤，處境之艱苦。秦韜玉文才出眾，卻不得不依仗宦官的權勢謀取功名，這是時代的錯誤，也是個人的悲劇。「蓬門未識綺羅香，擬託良媒益自傷」，事非得已，自哀自憐，這裏有他卑污的一面，也有值得同情的地方。

秦韜玉出身於左軍軍將的家庭，在科舉途中屢遭挫折之後，終於回到依靠「兩軍」的道路上來。《唐才子傳》卷九本傳上說：「韜玉少有詞藻，工歌吟，恬和瀏亮。慕柏耆為人。然險而好進，諂事大閹田令孜。巧宦，未期年官至丞郎，判鹽鐵，保大軍節度判官。僖宗幸蜀，從駕。中和二年，禮部侍郎歸仁紹放榜，特敕賜進士及第，令於二十四人內安排，編入春榜。」《唐詩紀事》卷六十三敍秦韜玉之史實時也提到這些事情，然而語氣沒有這麼嚴厲，最後說他名列榜中，「韜玉以書謝新人，呼同年略曰：『三條燭下，雖阻文闈，數仞牆邊，幸同恩地。』」悻悻之聲如聞，抒發了壓抑多時的不平之氣。

宦官把持朝政，歷時甚久。這一批人雖有權勢，然而社會地位向來不高，這時又把中晚唐的政局搞得烏煙瘴氣，也就必然會引起上下各色人等的痛恨。那些交結兩軍的士人，自然要為儒林所不齒了。但上述情況表明，這時的社會不能為有才華的士人提供正常的發展機會，也是迫使他們走上邪路的客觀原因，所以身歷晚唐五代的黑暗年代、深知科舉場中種種弊端的王定保在介紹「芳林十哲」後沉重地說：「然皆有文字。蓋禮所謂君子達其大者遠者，小人知其近者小者，得之與失，乃不能糾別淑慝，有之矣，語其蛇豕之心者，豈其然乎！」

王定保敍「芳林十哲」的名字，只「記得者八人」，所佚二人，其一當是羅虬。[6]《唐語林》卷三曰：

劉允章祖伯芻，父寬夫，皆有重名。允章少孤自立，以臧否為己任。及掌貢舉，尤惡朋黨。初，進士有「十哲」之號，皆通連中官，郭纁、羅虬皆其徒也。每歲，有司無不為其干撓，根蔕牢固，堅不可破。都尉于琮方以恩澤主鹽鐵，為纁極力，允章不應，纁竟不就試。比考帖，虬居其間，允章誦其詩，有「簾外桃花覊熟紅」，不知「熟紅」何用？虬已具在去留中，對曰：「《詩》云：『關關雎鳩，在河之洲；窈窕淑女，君子好逑。』
侍郎得不思之？」頃之唱落，眾莫不失色。

《唐詩紀事》卷六十九敍羅虬曰：「廣明庚子亂後，去從鄜州李孝恭。籍中有杜紅兒者，善歌，常為副戎屬意。副戎聘鄰道，虬請紅兒歌而贈之繒彩。孝恭以副戎所盼，不令受所貺。虬怒，拂衣而起。詰旦，手刃紅兒。」可知此人兇暴浮躁，秉性不良。這或許也是「芳林十哲」中人或多或少具有的特點吧。

郭纁即郭薰。郭薰依仗于琮的權勢應試被黜，同見上述《唐摭言》敍「芳林十哲」的一段記敍之中。但他通過中官應試之事，則未見詳細記載。

「十哲」的不同涵義

「十哲」一名，唐代習用。杜佑《通典》卷五十三「吉禮」十二《孔子祠》條記「開元八年，敕改顏生等十哲為坐像，悉應從祀。曾參大孝，德冠同列，特為塑像，坐於十哲之次」。「十哲」即孔門十大弟子顏淵、閔子騫、冉伯牛、仲弓、宰我、子貢、子有、子路、子游、子夏。皮日休《請韓文公配饗太學書》曰：「曾參之孝道，動天地，感鬼神。自漢至隋，不過乎諸子；至於吾唐，乃旌入十哲。」這是因為朝廷後來又把顏淵升為孔子的副座，而把曾參正式列入十哲之中。《新唐書》卷十五《禮樂志五》曰：「上元元年，尊太公為武成王，祭典與文宣王比，以歷代良將為十哲像坐侍。秦武安君白起、漢淮陰侯韓信、蜀相諸葛亮、唐尚書右僕射衛國公李靖、司空英國公李勣列於左，漢太子少傅張良、齊大司馬田穰苴、吳將軍孫武、魏西河守吳起、燕昌國君樂毅列於右，以良為配。」唐末興起的士林「十哲」之稱，當是民間仿效這種文武「十哲」的命名而產生的。起初或因附會京兆府解送「十人為等第」之稱而成。趙磷《因話錄》卷三商部下記大和六年唐特替京兆府試進士官，註云：「時重十人內為等第。」《唐摭言》卷二《京兆府解送》曰：「神州解送，自開元、天寶之際，率以在上十人，謂之等第。必求名實相副，以滋教化之源，小宗伯倚而選之，或至渾化；不然，十得其七八。」所以王定保在同卷《為等第後久方及第》中「論曰：……若乃大者科級，小者等列，當其角逐文場，星馳解試，品等潛方於十哲，春闈斷在於一鳴」。結合上述諸人的情況來看，這種稱呼也就帶有嘲弄的意味，大約出於一些尖刻的文人的創造，是對那些雖有文才然而屢試不爽的人既有揶揄又抱不平的一種俏皮稱呼。

《唐摭言》卷十《海敍不遇》曰：

> 張喬，池州九華人也。詩句清雅，夐無與倫。咸通末，京兆府解，李建州時為京兆參軍主試，同時有許棠與喬，及俞坦之[7]、劇燕、任濤、吳宰、張蠙、周繇、鄭谷、李棲遠、温憲、李昌符，謂之「十哲」。

同樣內容，《唐詩紀事》卷七十敍任濤與張喬時也有記敍，而於張喬下敍「十哲」之後，加註曰：「十哲而十二人。」[8]明代胡震亨《唐音癸籤》卷二十八又轉引此文，稱之為「咸通十哲」。《唐才子傳》卷九敍鄭谷時說：「谷詩清婉明白，不俚而切，為薛能、李頻所賞。與許棠、任濤、張蠙、李棲遠、張喬、喻坦之、周繇、溫憲、李昌符唱答往還，號『芳林十哲』。」不難發現，這段文字是從《唐摭言》和《唐詩紀事》中移錄過來的，但辛文房刪去了劇燕、吳罕二人的名字，以便與「十哲」的「十」字切合；前面又增加「芳林」一名，以便與《唐摭言》卷九中的記敍一致。然而細究起來，辛氏的這一番加工改寫都與事實不合。

不論是僅記得八人名字的「芳林十哲」抑或咸通「十哲」中的十二人，都出自王定保的記敘。這些人物，儘管生卒年月不能全然考知，但有好幾個人的登第年代可以考知，通過比較，不難看出這些人物和王定保都生活在晚唐五代，他們是同一時期的人。

按王定保生於唐懿宗咸通十一年（八七零），死於南漢劉龑大有十三年（九四零）。《直齋書錄解題》卷十一《小說家類》中之《摭言》提要曰「光化三年（九零零）進士」，和上述諸人的年代緊相銜接。王定保在《唐摭言》卷三《散序》中還介紹他撰寫此書的經過，說他「樂聞科第之美，嘗咨訪於前達，間如丞相吳郡公扆、翰林侍郎濮陽公融、恩門右省李常侍渥、顏夕拜蕘、從翁丞相溥、從叔南海記室渙，其次同年盧十三延讓、楊五十一贊圖、崔二十七籍若等十許人，時蒙言及京華故事，靡不錄之於心，退則編之於簡策」。足見他訪求的面很廣，積累了豐富的資料。

前引諸書記載，秦韜玉於中和二年（八八二）特賜及第，和王定保的登第之年僅相距十八年。郭薰倚仗于琮的權勢應舉，為劉允章黜落，時在咸通九年（八六八），和王定保的登第之年相距三十二年。又《唐摭言》敘「芳林十哲」時言郭薰事云：「郭薰者，不知何許人，與丞相于都尉向為硯席之交。及琮居重地，復綰財賦，薰不能避譏嫌，而樂為半夜客。咸通十三年（八七二），趙騭主文斷，意為薰致高等；騭甚撓阻，而拒之無名。會列聖忌辰，宰執以下於慈恩寺行香，忽有彩帖子千餘，各方寸許，隨風散漫，有若蜂蝶，其上題曰：新及第進士郭薰。』公卿覽之，相顧驒然，因之主司得以黜去。」一則是郭薰在第一次失敗之後，間隔四年，又遭到了另一次失敗。這時相距王定保的及第之年，僅二十八年。

王定保對「芳林十哲」的記敍比較具體。這些人物原有十人，王定保僅記得八人，對於他們交通中貴的事跡，了解比較清楚。因此，王定保的這一記敍，不可能捕風捉影，應當可信。

咸通「十哲」中人的登第年代，《唐摭言》《郡齋讀書志》《直齋書錄解題》《唐才子傳》等書上有所介紹。茲將有記載的幾個人介紹如下：

李昌符，咸通四年（八六三）登第。9

許棠，咸通十二年（八七一）登第。10

周繇，咸通十三年（八七二）登第。11

鄭谷，光啓三年（八八七）登第。12

溫憲，龍紀元年（八八九）登第。13

張蠙，乾寧二年（八九五）登第。[14]

由此可見，李昌符與張蠙的登第之年相距達三十二年之久。這就說明，「十哲」中的十二個人並非同一時期的士子。即以許棠而言，與張蠙的登第之年相距亦達二十四年之久，周繇與張蠙的登第之年相距亦達二十三年之久。咸通一共只有十五年，因此，鄭谷、溫憲、張蠙三人登第之時均距咸通已遠，用「咸通」這一年號來概括，未必恰當。

和「芳林十哲」的情況相同，當時或許有人曾把其中的某十個人稱作「十哲」，有人則把另外十人稱作「十哲」，「十哲」的內涵，本不固定，王定保則籠而統之，把那些曾經列名「十哲」中的人物全都列入。大約他是看到這些人物之間輾轉都有詩文往還，也就不管人數多少，合稱「十哲」的吧。

上述「十哲」，在科舉考試中都有一段不得志的經歷，有些人則一直到死未能登第。康駢《劇談錄》卷下：「自大中、咸通之後，每歲試春官者千餘人，其間章句有聞者，亹亹不絕，如……賈島、平曾、李陶、劉得仁、喻坦之、張喬、劇燕、許琳、陳覺，以律詩流傳……皆苦心文華，厄於一第。」《直齋書錄解題》卷十九《詩集類上》載《張喬集》二卷，「唐進士九華張喬撰。喬與許棠、張蠙、鄭谷、喻坦之等同時，號『十哲』。喬試京兆，《月中桂樹》擅場，傳於今，而《登科記》無名，蓋不中第也。」這是因為南宋之時還能見到唐代的《登科記》，所以陳振孫了解到「十哲」中的好幾個人至死未能取得功名。這十二個人，在科舉場中沉淪，情況是很可悲的。例如溫憲，《唐詩紀事》卷七十記其事曰：

溫憲員外，庭筠子也。僖、昭之間，就試於有司，值鄭相延昌掌邦責也。以其父文多刺時，復傲毀朝士，抑而不錄。既不第，遂題一絕於崇慶寺壁。後滎陽公登大用，因國忌行香，見之憫然動容。暮歸宅，已除趙崇知舉，即召之，謂曰：「某頃主文衡，以溫憲庭筠之子，深怒嫉之。今日見一絕，令人惻然，幸勿遺也。」於是成名。詩曰：「十口溝隍待一身，半年千里絕音塵。鬢毛如雪心如死，猶作長安下第人。」

「十哲」中人的處境都很淒楚。他們在仕途上沒有甚麼背景可言，更無依託中貴的任何記敘，因此辛文房在轉述之時憑空按上「芳林」一詞，把這一批人也稱為「芳林十哲」，與事實不符。

辛文房在轉述之時還刪去了劇燕、吳罕二人。這兩個人的詩作確很罕見，歷史亦不詳，《唐摭言》卷十《海敍不遇》敍劇燕曰：「劇燕，蒲坂人也。工為雅正詩。王重榮鎮河中，燕投贈王曰：『只向國門安四海，不離鄉井拜三公。』重榮甚禮重。為人多縱，淩轢諸從事，竟為正平之禍。」看來「十哲」中人都有一些疏狂之氣，所以人們合而稱之的吧。劇、吳二人，時人將之納入「十哲」之中，也是有其原因的。辛文房徑加刊落，不見得有甚麼根據。

又辛文房在《唐才子傳》卷十《張喬》中說：「當時東南多才子，為許棠、喻坦之、劇燕、吳罕、任濤、周繇、張蠙、鄭谷、李棲遠，與喬亦稱『十哲』。」這裏卻是刪去了李昌符、溫憲二人，保留了劇燕、吳罕二人。「十哲」之「十」雖有了着落，但其根據仍是不足的。

「十哲」一名，根據王定保的記敍，是在長安時期舉子中間傳播開來的。國人向來重視地域出身，當時有以地區性的稱呼來概括文人集團的作風，如「吳中四子」等。徐松《登科記考》卷二十三咸通十二年進士四十人中列入許棠，舉《永樂大典》引《池州府志》曰：「張喬，字伯遷。時李頻以參軍主試，喬及許棠、張蠙、周繇皆華人，時號『九華四俊』。」辛文房說「當時東南多才子」云云，或許由此引起的吧。但在這十個人中，劇燕為蒲坂人，張蠙為清河人，均非「東南才子」。因此辛文房的這一假設，仍屬捕風捉影的臆測之詞。

原載《唐代文學研究》，廣西師範大學出版社一九九零年十月。

註釋

1 劉禹錫《子劉子自傳》敍順宗內禪事曰：「是時太上久寢疾，宰臣及用事者都不得召對。宮掖事秘，而建桓立順，功歸貴臣。」「貴臣」即指大閹俱文珍輩。與「兩軍」內涵相同。

2 李肇《國史補》卷下《敍進士科舉》曰：「造請權要，謂之關節。」

3 徐松《登科記考》卷二十一繫於開成三年，並加按語曰：「此為高鍇第三榜；《摭言》以為第二年，誤。」

4 《唐語林》卷七亦載此事，唯黃郁作「華郁」。

5 此事原載《唐摭言》卷九《誤掇惡名》，《雅雨堂叢書》本作「華京」，《太平廣記》卷一八三引《摭言》，則作「葉京」。

6 徐松《登科記考》卷二十三咸通九年敍知貢舉劉允章時已敍及。

7 俞坦之為「喻坦之」之誤。

8 吳罕，此作「吳宰」，當係形近而誤。

9 見《唐詩紀事》卷七十《李昌符》、《直齋書錄解題》卷十九《李昌符集》一卷提要。有的學者據《唐摭言》卷十與《北夢瑣言》卷十中的記載，以為李昌符久不登第，咸通四年或係十四年之誤。此事尚待進一步考證。

10 見《唐詩紀事》卷七十《許棠》、《直齋書錄解題》卷十九《許棠集》一卷提要。

11 見《直齋書錄解題》卷十九《周繇集》一卷提要。

12 見《郡齋讀書志》（袁州本）卷四中《雲台編》三卷《宜陽外編》一卷提要、《直齋書錄解題》卷十九《雲台編》三卷提要、祖無擇《鄭都官墓表》（載《龍學文集》卷九，四庫全書本）。

13 見《唐才子傳》卷九《溫憲》。

14 見《直齋書錄解題》卷十九《張蠙集》一卷提要、《唐昭宗實錄》（黃滔《唐黃御史集》附，《四部叢刊》影印明刊本）。

「唐十二家詩」版本源流考

明代刻「唐十二家詩」的人很多。胡應麟《詩藪》「外編」卷四說：「嘉、隆類刻《十二家唐詩》，盛行當世。」《行人司書目》中就著錄有《十二家唐詩》一種，說明此書當時已經獲得人們珍視而被收藏。這些總集還有好幾種流傳到現在。

「十二家」指王勃、楊炯、盧照鄰、駱賓王、陳子昂、杜審言、沈佺期、宋之問、孟浩然、王維、高適、岑參。這些都是初唐和盛唐時期的著名詩人，他們的作品一直膾炙人口，贏得大量讀者的喜愛。不難想到，後代如有一部總括上述諸人作品版本較好的總集出現，自然會吸引人們的注意。明代多次翻刻「唐十二家詩」的盛況，或許就是這麼形成的。

明代刻過「唐十二家詩」的有：

嘉靖前期重印正德仿宋唐人詩集本

張遜業編黃埻東壁圖書府嘉靖三十一年刊本

楊一統編萬曆十二年刊本

許自昌編霏玉軒萬曆三十一年刊本
鄭能編閩城琅嬛齋萬曆年間刊本
汪應皐編萬曆年間刊本

此外有無其他「唐十二家詩」的刊本，現在就很難說了。就是上述各種，有的是否刻過，恐怕很多目錄學家都會懷疑。特別是前面一種本子，因為書目上很少見到記載，傳世者以單行的別集為多，因而更會引起人們的懷疑。下面介紹我所接觸到的一些材料，敍述「唐十二家詩」各種版本的源流演變。下面分兩部份論述。

正德年間刻的仿宋本唐人詩集和嘉靖前期刻的「唐十二家詩」

首先得從《高常侍集》說起。目錄書中常見有正德刊本《高常侍集》的記載，如：

朱學勤《別本結一廬書目》「舊板」：「《高常侍集》十卷。」註：「明正德刊本，一冊。」

邵懿辰《四庫簡明目錄標注》集部二、別集類一：「《高常侍集》十卷。」註：「明正德刊本，葉二十行，行十八字。」

莫友芝《郘亭知見傳本書目》卷十二、集部二、別集類一：「《高常侍集》十卷。」註：「明正德中刻本，頁二十行，行十八字。」

張允亮《故宮善本書目》第一「天祿琳琅現存書目」：「《高常侍集》一函四冊。」註：「唐高適撰，十卷。明正德間刻本。」

這種正德年間刻的《高常侍集》十卷本和嘉靖年間刻的仿宋《高常侍集》十卷本極為相似，二者不但各種詩體編次都一樣，而且行格刀刻都一樣，甚至連未刻的缺字也相同，所以有些研究版本的人常是混為一談，把正德本也看作嘉靖本，認為明代只有一種嘉靖仿宋本傳世。

正德本和嘉靖本之所以相似，看來是出於一個版子的緣故。嘉靖本是剜改正德本而成的。拿正德本和嘉靖本比較，四處地方有出入：卷四《送虞城劉明府謁魏郡苗太守》詩中「極目無行車」句，正德本「目」作「日」。卷五《同鮮于洛陽於畢員外宅觀畫馬歌》中「家僮愕視欲先鞭」句，正德本「愕」作「愣」；「始知物妙皆可憐」句，正德本「可」作「日」。卷六《使青夷軍入居庸三首》詩題中之「入」字，正德本作墨釘。可見前此刻書時留下的一些顯然的誤字，後來都給改正了。除此之外，二者之間間或還有一些小的差異，如有的書頁可能重刻過，板框大小略有出入；個別地方還有一些異體字的不同，但為數極少。這種明仿宋本後來又曾全部翻刻過一次。

看來這兩種唐詩別集都是一組唐人詩集內單行的一種。許多書目上記載着的明仿宋刊《高常侍集》十卷，原來都是嘉靖本「唐十二家詩」中的一種，如瞿鏞《鐵琴銅劍樓藏書目錄》卷十九：「《高常侍集》十卷，明刊本。」此書現藏北京圖書館。細察此書的行格刀刻，原來就是「唐十二家詩」中的一種。

作為別集的嘉靖仿宋本《高常侍集》流傳還多，作為總集的嘉靖仿宋本「唐十二家詩」流傳就少了。張允亮編《故宮善本書目》第二云：「唐十二家詩集，四十九卷，二十冊。」書內夾有「明仿宋本，不著編人」「舊藏景陽宮」「原稱唐人詩集」等藏簽。這是一部很名貴的明刻唐人詩歌總集。

這種「唐十二家詩」內的各種集子行格刀刻都一樣（前八家的集子和後四家的集子之間唯一的細小差異是前者書口作單魚尾形），說明它們同出一源；既然這種仿宋刊本的《高常侍集》是利用正德年間的板片重印的，那麼另外的十一種行格刀刻都一樣的集子當然也有可能是利用正德年間的其他一些集子重印的了。有一種「唐十二家詩」就是採用經過剜改的舊板印行的。

但這裏又產生了新的問題：正德年間有沒有刻過這麼多的唐人詩集呢？

鄭振鐸在明正德刊本《高常侍集》十卷跋尾中説：「一九五七年夏，曾在藻玉堂取得一部明正德刻本《王昌齡集》，凡三卷，每半頁十行，行十八字，與此本正同。聞正德時，曾刻王、高、孟、岑四集，惜予僅得王、高二集。頗疑此種十行十八字本盛唐人集，當不止是四家，且似不限於盛唐一代。朱警刻的《唐百家詩集》亦是十行十八字。疑均出於南宋的書棚本。」（《西諦書目．題跋》）鄭氏的介紹能夠給人很多啓發。他説正德年間曾刻王、高、孟、岑四集，當然是指王維、孟浩然、高適、岑參四家了，《四庫簡明目錄標注》內正記有《王右丞集》的正德仿宋十卷本，二十行、十八字，應當就是其中的一種。鄭氏在得到《高常侍集》之後又得到《王昌齡集》，也就説明這時刻的決不止上述四家。《王昌齡集》不在「唐十二家詩」之內。這就説明正德年間刻的是一部規模很大的唐人詩歌總集，這裏的許多集子後來失傳了，但我們可以根據這個線索去搜求識別。嘉靖年間有人挑選了十二家詩加以重印或翻刻，於是形成了後來一再重校梓行的「唐十二家詩」這一系統。

這些「唐十二家詩」刊於何地？傳世有宋廬陵劉辰翁評點、明勾吳顧道洪參校之《孟浩然詩集》三卷，「凡例」稱「余家藏《孟浩然詩集》凡三種，一、宋刻本；一、元刻本，即劉須溪批點者；一、國朝吳下刻本，即高、岑、王、孟等十二家者」。而是書《孟浩然詩集補遺》後有「萬曆丙子上元梁源山人顧道洪跋」。考萬曆四年之前刻於吳下的「唐十二家詩」，只能是這種嘉靖仿宋本。顧道洪是吳人，自然會接觸到這種鄉邦文獻。

所謂「嘉靖」本的這一年代又是怎樣判斷的呢？版本學家當然可以根據書的版式、字體、紙張進行鑒定，此外還有一些材料可做證明。南京圖書館也藏有明仿宋刊本《高常侍集》一部，此書原出錢塘丁氏八千卷樓，丁丙《善本書室藏書志》卷二十四云：「《高常侍集》十卷，明刊本。」註：「前後無序跋，惟賦與詩八卷，文二卷。四庫全書影宋鈔本十卷本七絕無《聽張立本女吟》一首，七律無程俱所作《重陽》一首，此皆有之。『天祿琳琅』所收者即此本也。每葉廿行，行十八字，有『春鶯』、『灌木草堂』印，又『雨泉』一印頗舊，疑即萬曆間蘇州陳方伯鎏所藏。」說明此書應當刊於萬曆之前、正德之後的嘉靖年間。再拿嘉靖三十一年出現的東壁圖書府本和它比較，則又表明此書年代在前。因此，這部首次出現的「唐十二家詩」應當重印於嘉靖前期。

在此還應附帶説明一下，過去目錄書上標為正德年間刻本的這些唐人詩集，現在一些版本學家據其字體鑒定，認為不大可能出現於正德之時，應該説是嘉靖年間的刻本。但正德、嘉靖年代緊相銜接，因此這裏仍然沿用各家書目上的記載，而在具體敍述時，則參照鄭振鐸的説明，稱這一類書為正德本，又用「正德、嘉靖間」或「嘉靖前期」之類較有彈性的説法介紹其年代。

東壁圖書府本「唐十二家詩」及其他

東壁圖書府本「唐十二家詩」前署「永嘉張遜業有功校正，江都黄埻子篤梓行」。《善本書室藏書志》卷三十九錄存此書，並註曰：「卷末有同閱姓名，如陳鶴、史起蟄、張袠、方可立、王應辰、聞得仁、王一夔、張遜膚、王叔果、王叔杲、朱廷棟、方九敍、謝敏行、沈仕、朱永年、侯一麟、黃一鵬、張鄖、張承明，半皆杭人，蓋當時刊版於杭州也。」這是出現於東南地區的第二部「唐十二家詩」。

和嘉靖前期的那部「唐十二家詩」比較，此書已經變易格式，版口增加了雙魚尾，每頁上端中縫刻「東壁圖書府」五字，下端中縫刻「江郡新繩」四字，行格也改成了每半頁九行，行十九字。變動特別大的地方是把原來的多卷本一律改成上、下二卷本，刪去了各家集子中原有的序言和散文部份，如把《高常侍集》中的兩卷「文」刪掉，並把剩下的八卷「詩」再分成了上、下二卷。

嘉靖前期刊本「唐十二家詩」中原有「序」，如《杜審言集》有盧陵楊萬里序，《孟浩然集》有宜城王士源序、韋滔重序，《岑嘉州集》有京兆杜確序，《王摩詰集》有王縉的《進王摩詰集表》，這些地方保留着宋本的原始面貌。又如王、楊、盧、駱、陳、杜、宋集二卷，沈集三卷，孟集四卷、王集十卷（詩六卷、文四卷），高集十卷（詩八卷、文二卷），岑集八卷，這些集子絕大多數都有較好的宋本作為依據。目錄書上常見有十行十八字之宋本，一般都標「書棚本」，鄭氏大約就是根據這些情況做出判斷的。臨安書棚陳氏所刻唐人詩集，不但數量眾多，而且書舖主人於此本有修養，故而質量也有可觀。但這類書的編次比較簡拙，詩體分類一般不太細密，前後編排也無次序，東壁圖書府本於此做了整理和加工，所有詩歌都歸入各種詩體之中，詩體又按五言在前、七言在後，古詩在前、律絕在後的次序重新做了編排，個別詩題之下還附上了有關考訂的小註，有些詩歌則增加了相關的內容，如王勃的《滕王閣》詩就增加了著名的「序」。

但從文字內容上來考察，東壁圖書府本的主要依據應當就是上述的那部嘉靖仿宋本「唐十二家詩」。這裏仍以《高常侍集》為例，試用比較的方法進行論證。下面從四部叢刊據之影印的那部明銅活字刊本《高常侍集》中舉些例子。該書卷六有《淇上別業》一詩，四庫全書本《高常侍集》和原藏士禮居的一部清初仿宋精鈔本《高常侍集》均有此詩，但改屬卷五，而正德、嘉靖間仿宋本《高常侍集》不載，東壁圖書府本亦不載。卷六《宴郭校書因之有別》中「芸香□早著」一句，空白內補字有三種情況，「伯二五五二敦煌唐詩選殘卷」中此字作「業」，四庫全書本和清初仿宋精鈔本作「功」，正德、嘉靖間仿宋本作「名」，東壁圖書府本亦作「名」。其他許多地方也都出現這種情況，東壁圖書府本的文字同於正德、嘉靖間仿宋本者為多，同於四庫全書本和清初仿宋精鈔本者為數很少，於此可見東壁圖書府本主要是依據嘉靖前期的這部「唐十二家詩」校刻的。

再如銅活字本《高常侍集》卷五《崔司錄宅燕大理李卿》一詩內「飲醉欲言歸□□」一句，正德、嘉靖間仿宋本亦缺二字，清初仿宋精鈔本作「□□飲醉欲言歸」，四庫全書本則作「夜深飲醉欲言歸」，東壁圖書府本與之都不相同，空白補刻的是「剡溪」二字，這兩個字頗堪玩味，看來就是張遜業等人自己補進去的。因為他們對四庫全書本系統的集子似乎不大接觸，而前此的「唐十二家詩」系統的本子中此二字又無所依據，因此這裏可能就是以意為之添補足句的了。凡以前各家集子中缺字的地方，東壁圖書府的本子中都給補上了，這裏定會有主觀臆斷的地方。但看來張遜業等人的態度還算鄭重，因為高適集子中另有《秦中送李九赴越》一詩，內有「吳會獨行客，山陰秋夜船；謝家徵故事，禹穴訪遺編」等句，張遜業等人大約認為「李卿」和「李九」是同一個人，所以給補上了「剡溪」二字，說明他們費過一番揣摩的功夫；殊不知李九當是曾在京兆府任職之李九士曹，京兆府和大理寺是不同的衙門，這又表明張遜業等人所補進去的字不盡可信，有臆測妄斷的缺點。

於此可見：從校勘的角度來說，嘉靖前期仿宋本「唐十二家詩」價值更高。

但東壁圖書府本經過多人整理，看來一時聲譽很高，所以後來據之翻刻的人很多。

萬曆十二年有楊一統的再刻本。孫仲逸序曰：「江都之刻，不數載已復初木，余友人楊允大再刊於白下，而校加精焉。」所以這種「唐十二家詩」又稱南州楊一統白下重刊本。此書版式字體又已變化：版口只署書名，四周單邊，行間無墨線，寫體字，每半頁九行，行二十字。全集共分十二卷，即人各一卷。卷首「唐詩十二名家敍略」稱「南州楊一統允大校閱，江東孫伯履公素、姑蘇丘陵子長、江東孫仲逸野臣、關中李本芳元榮同閱」，而實由各家分校。計：楊一統校《王勃集》《楊炯集》《盧照鄰集》，孫伯履校《駱賓王集》《陳子昂集》《杜審言集》，孫仲逸校《沈佺期集》《宋之問集》《孟浩然集》《王維集》，丘陵校《高適集》，李本芳校《岑參集》。《郘亭知見傳本書目》卷十二《高常侍集》下和《四庫簡明目錄標注》內《高常侍集》「續錄」下俱註有「明上陵校刻本」，「上」係「丘」之誤，二者形近致誤。

萬曆三十一年又有許自昌的《前唐十二家詩》問世。在翻刻「唐十二家詩」的人中，許氏算是一位較為知名的文人。自昌，字玄祐，別署梅花墅、梅花主人，江蘇吳縣人，著有《臥雲稿》一卷，《樗齋漫錄》十二卷，撰有《水滸記》、《橘浦記》、《靈犀佩》（一云王異撰）等傳奇多種，改訂過《玉茗堂批評種玉記》《玉茗堂批評節俠記》各兩卷。他還喜歡刻書，曾經刻過《太平廣記》和李、杜、皮、陸詩。《前唐十二家詩》前有「萬曆癸卯孟夏長洲許自昌書」之序，集前並署「長洲許自昌玄祐甫校」。但他似乎偏長詩文詞曲，校勘水平則平平而已。因此，許刻《前唐十二家詩》內容差不多全同於東壁圖書府本。

其後又有鄭能重鐫的《前唐十二家詩》出現。此書似乎印過兩次，一本卷末多一牌記，上云「閩城琅嬛齋版，坊間不許重刻」。這個集子還錄有許自昌的序，而書前署稱「晉安鄭能拙卿重鐫」，版式同許書，說明它是根據許自昌的本子重刻的，然而仍屬東壁圖書府本系統。全集共二十四卷，即人各二卷，與許刻同，與東壁圖書府本同。

不知在許、鄭本之前抑或其後，還有另一種「唐十二家詩」出現。此書行格也是半頁九行，行十九字，與東壁圖書府本、許自昌刊本、鄭能重鐫本同。王重民編《美國國會圖書館藏中國善本書錄》卷八有《岑嘉州集》二卷，註：「此本疏朗悅目，校其內容，疑為從東壁圖書府本出者。卷內題：『海陽汪應皋汝擇父校梓、汪應學汝行父同校。』海陽蓋指休寧。余檢休寧、歙縣、婺源等縣誌，並無其人；又檢廣東、山東兩《海陽縣誌》，亦不獲二汪事跡。玩原書紙墨，當是萬曆間印行。下卷自四十九葉以後佚去，書賈畏其殘闕，因取《孟浩然集》殘葉，蠹去版心書題與葉數以補之。然因此得知孟集曾與是集同刻，而更示吾人以二汪或曾有東壁圖書府『唐十二家詩』翻本，此其殘帙也。」汪應皋本「唐十二家詩」全帙雖罕見，然所屬各家別集仍有傳世者，例如鄧邦述《群碧樓善本書錄》卷三中就記載有王（汪字之誤）應皋校梓之《高常侍集》二卷，台灣《中央圖書館善本書目》集部別集類有《沈佺期集》二卷一冊，《宋之問集》二卷一冊，均署明海陽汪應皋校刊本，可證王氏做出的假設符合事實。它是別出手上述各種「唐十二家詩」的又一種本子。

隆慶四年，則有由此派生的《十二家唐詩類選》一種行世。全書十六卷，半頁九行，行二十一字，寫刻本。前有類輯者河東何東序所撰之自序。東序字崇教，號肖山，猗氏縣人，嘉靖三十二年進士，詳見康熙時潘鉞纂輯、宋立樹重輯之《猗氏縣誌》卷五「人物」門。是書由江右刻工刻於保州，甚精美。又這一類書中還有明陸汴輯《廣十二家唐詩》八十一卷行世。

綜合上言，可知明刻「唐十二家詩」盛況空前，後人一再加工梓行，對校勘和保存古代文獻起了很好的作用。只是明代距離現在也已很久了，有的總集東流西散，甚至遠播海外，斷簡殘編，使人難於看到各種版刻的全貌。這篇小文，就想在目驗多種善本和鈎稽各種材料之後，略予辨證，起到補苴罅漏的作用。

敍「唐十二家詩」版本源流既竟，更製一表以清眉目。又因上述各種總集內的各家集子都曾以別集行世，故而詳列各家行格，讀者自可按表檢識。

「唐十二家詩」版本源流表

書名	編者	刻印年代	刻印地點與單位	行格	源流
唐十二家詩		嘉靖前期	吳下（蘇州）	十行十八字（17.5×12.3）	重印或翻刻正德間唐人詩集
唐十二家詩	張遜業	嘉靖三十一年	杭州・東壁圖書府	九行十九字（18.5×12.2）	主要依據上書校編
唐十二家詩	楊一統	萬曆十二年	白下（南京）	九行二十字（19.8×13.0）	重刊東壁圖書府本
前唐十二家詩	許自昌	萬曆三十一年	長洲・（蘇州）霏玉軒	九行十九字（22.0×13.8）	重刊東壁圖書府本
前唐十二家詩	鄭能	萬曆年間	閩城・琅嬛齋	九行十九字＊（22.0×13.6）	重鐫許自昌本
唐十二家詩	汪應皋	萬曆年間		九行十九字（17.6×12.0）	重刊東壁圖書府本

＊許自昌本的板框作左右雙邊，鄭能本則作左右單邊。

原名《談〈唐十二家詩〉》，載《學林漫錄》第二集，一九八一年三月。

從「唐人七律第一」之爭看文學觀念的演變

嚴羽《滄浪詩話》之評李白、杜甫，於二人並列處，總是不分軒輊，下筆極有分寸。例如他在《詩評》部份中說：「李杜二公，正不當優劣。太白有一二妙處，子美不能道；子美有一二妙處，太白不能作。」「子美不能為太白之飄逸，太白不能為子美之沉鬱。太白《夢遊天姥吟》《遠離別》等，子美不能道；子美《北征》《兵車行》《垂老別》等，太白不能作。論詩以李、杜為準，挾天子以令諸侯也。」

嚴羽的這番議論，結合所舉的代表作品一起加以考察，可以看出他對二人的詩歌確是體會很深，已經掌握到了二人使用不同的創作方法而產生的特點，以及由他們不同的生活經歷和個性特點而形成的風格差異。這樣的「詩評」，對於後來的讀者，確能起到啟發指導的作用。

但這裏還可探究的是：嚴羽對李、杜二人的評價，難道真能如水之平？字裏行間，有沒有透露出一絲抑揚之意？

檢閱《滄浪詩話》全書，研究嚴羽對詩歌總的見解，也就可以體會到，他是偏愛李白而對杜甫有所貶抑的。

問題可從另一方面談起。《滄浪詩話．詩評》中說：唐人七言律詩，當以崔顥《黃鶴樓》為第一。這一首詩，曾經留下一件傳播很廣的軼事，《唐才子傳》卷一「崔顥」曰：「後遊武昌，登黃鶴樓，感慨賦詩。及李白來，曰：『眼前有景道不得，崔顥題詩在上頭。』無作而去，為哲匠斂手云。」說明此詩水平之高，甚至徹底壓倒了「仙才」李白，而嚴羽視李白如唐詩「天子」，「天子」低頭臣服之作，當然可以享七言律詩「第一」的盛譽了。

其後李白作《登金陵鳳凰台》詩，其格律氣勢與崔顥《黃鶴樓》詩相彷彿，宋人傳説這是李白的擬作，似屬可信。傲岸好勝如李白，一時氣餒之後，處心積慮，捲土重來，定要較量一番，也在情理之中。但由此更可看到李白對《黃鶴樓》詩的傾倒了。

這兩首詩的誰高誰下，歷代文人紛爭不已，但見仁見智，也很難做出絕對化的判決。不過李白之所以定要在這首詩上爭個高下，卻是因為在他擅長的寫作手法上崔顥竟然取得了傑出的成就，使他自己也難乎為繼，因而耿耿於懷，定要「捶碎黃鶴樓」才感到痛快的吧。

自從嚴羽推崔顥《黃鶴樓》詩為唐人七律第一之後，後人一再提出另外的名篇來爭奪這桂冠，如何景明、薛蕙推沈佺期《古意》（盧家少婦鬱金堂）為第一，胡應麟和潘德輿以杜甫《登高》（風急天高猿嘯哀）為第一……於是又像爭論崔、李二作誰高誰下一樣，引起了一場難以做出明確答案的糾紛。然而從這些爭鳴者的不同見解之中，卻正可以看出不同時代的文人文學觀念的演變。

前人早就指出，崔顥此詩全仿沈佺期《龍池篇》。沈詩云：「龍池躍龍龍已飛，龍德先天天不違。池開天漢分黃道，龍向天門入紫薇。邸第樓台多氣色，君王鳧雁有光輝。為報寰中百川水，來朝此地莫東歸。」比較起來，崔顥此詩自當有出藍之譽。因為沈詩凝重滯澀，崔詩空靈超邁，不論在思想內容或形式技巧上，均相去甚遠。只是崔、李等詩確是從沈詩中脫胎出來的。而沈、宋寫作的近體詩，正顯示出緊接六朝而來的所謂「初唐」時期的特點。

眾所周知，唐代是我國詩歌創作的黃金時代，到了這時，舊體詩中的幾種體式都已齊備，而且都已趨於成熟。五言和七言的古體詩自不必說，近體詩中的五言律絕和七言律絕，也已一一趨於定型。而在這些詩體中，應該把七言律詩看作唐代詩歌中最有代表性的一種文體。因為五言詩在前代，儘管在聲律上不能全然調諧，但因製作者多，內中自有不少暗與理合的作品；而自永明聲律說興起後，自有一些據此寫出的成功之作。七言絕句，因為接近口語，在民間文學中已經出現，在六朝文人的集子中也已出現。只有七言律詩，因為聲律和對仗上要求嚴，成功的詩作，一定要在人工上見天巧，也就需要更多的時間才能趨於成熟。可以說，只是到了杜甫的律詩出現之後，才算是達到了全然成功的最後階段。

嚴羽在《滄浪詩話．詩法》中說：「律詩難於古詩。」他不在其他體裁的詩歌中評比最佳作品，只在七律中遴選出登峰造極之作，大約也是以為七律可以作為唐詩的代表體裁而有此一舉的吧。

但他挑選出來的這首《黃鶴樓》詩，並不是七律的典範作品，因此只收古詩的《唐文粹》中也將這詩收入。許印芳於《詩法萃編》本《滄浪詩話．詩體》內此詩之下加按語曰：「此舉前半散行，用古調作律體者。」這是不難看出的。此詩前半是古風的格調，後半才是律詩的格調。前面四句中，平仄與正規的平起式不合，三、四句還不用對仗，「黃鶴」一詞又連用了三次，這些都是與律詩，甚至是一般的詩歌，在體式和作法上不能相容的。但這四句「詞理意興」俱臻上乘，所以仍然被人嘆為絕唱。

可也正是這些詩句，其成功之處，符合嚴羽詩學上的要求，從而能夠得到他的高度讚賞。這就值得深入體察。

《詩評》中說：「太白發句，謂之開門見山。」崔顥《黃鶴樓》詩前四句，正是開門見山的範例。

《詩評》中說：「觀太白詩者，要識真太白處。太白天才豪逸，語多率然而成者。」崔顥《黃鶴樓》詩前四句，一氣噴薄而出，真是「率然而成」，絕不是苦心構擬者能夠拼湊得出來的。

《詩評》中說：「漢魏古詩，氣象混沌，難以句摘。」崔顥《黃鶴樓》詩中前四句，用這八個字來品評，也就顯得特別合適。

於此可見嚴羽論詩的真諦。他提倡盛唐詩，實際說來，可並不贊成杜甫那種精工得當、純熟之極的七律，而是欣賞那種保留着漢魏古詩中渾樸氣象的詩歌。李白的詩歌中保留漢魏的成份要比杜甫的詩歌多得多，所以嚴羽一而再地稱讚李白這方面的優點。崔顥的詩歌，從總體來說，其水平自不如李白之作，然而《黃鶴樓》詩卻是集中地體現出了這方面的長處，所以李白表示欽佩，嚴羽則譽之為唐人七律第一了。

《詩評》中又說：「建安之作，全在氣象，不可尋枝摘葉。靈運之詩，已是徹首尾成對句矣，是以不及建安也。」說明他把「徹首尾成對句」的作品視為遜於「不可尋枝摘葉」者一籌。這種評價，自然是對古詩而言的，討論近體詩時，並沒有表露過同樣的論調，但他既以崔顥《黃鶴樓》詩為唐人七律第一，這詩的前半又真是「不可尋枝摘葉」者，那就只能說嚴羽的這種美學標準仍在起着作用，他的態度非常執着，鑒賞近體詩時，同樣追求「氣象混沌，難以句摘」的情趣。可以推知，他對那些「徹首尾成對句」者，如杜甫的《登高》一詩，自然不會把它作為「唐人七律第一」的應選之作看待的了。

《詩評》中還說：「蘇子卿詩：『幸有弦歌曲，可以喻中懷。請為遊子吟，泠泠一何悲。絲竹厲清聲，慷慨有餘哀。長歌正激烈，中心愴以摧。欲展清商曲，念子不能歸。』今人觀之，必以為一篇重複之甚，豈特如《蘭亭》『絲竹管弦』之語耶。古詩正不當以此論之也。」這種意見也可用來說明上述觀點。崔顥《黃鶴樓》詩中的前四句，用詞的重複，語意的稠疊，他都不以為病，而是盡情崇揚，這裏也是執意追求「古詩」妙處的緣故。與此相反，那些盡力避免「重複」而變換詞彙、編排字句等技巧，也就不一定會成為優點而博得他的青睞了。

《詩評》中還說：「《十九首》：『青青河畔草，鬱鬱園中柳。盈盈樓上女，皎皎當窗牖。娥娥紅粉妝，纖纖出素手。』一連六句，皆用疊字，今人必以為句法重複之甚。古詩正不當以此論之也。」反觀崔顥《黃鶴樓》詩，八句之中，也一連出現了「悠悠」「歷歷」「淒淒」三疊。嚴氏不「以為句法重複之甚」，恐怕也是「古詩正不當以此論之也」這種觀點在起作用。

以上三例說明，嚴羽對漢魏古詩的分析，與他對唐詩的評價，又有聲息相通而可以互證的地方。

在《詩體》部份，嚴羽對詩歌的形式做了詳細的分析。他對各種句式沒有發表甚麼喜惡之見，只是做了客觀的介紹，但他欣賞的一些詩句，卻也曾作為例句而提出。其中提到有「十四字句」，自註：「崔顥『黃鶴一去不復返，白雲千載空悠悠』；又太白『鸚鵡西飛隴山去，芳洲之樹何青青』是也。」這些例句，都是原詩中的頷聯，照常規說，應該有嚴格的對仗，而他對此卻不加考慮，還把它們作為標準句式提出，這樣做，也就說明他不重視律詩的特點，硬把古詩的美學標準羼入到了這一領域中去。除此之外，他又提出「有律詩徹首尾對者」，自註：「少陵多此體，不可概舉。」胡鑒《滄浪詩話注》曰：「杜少陵《登高》一首是也。」參照嚴羽的上述見解，即評價律詩時經常運用古詩的標準，也就可以推知，嚴羽對此自然不會評價太高的了。

應該說明，嚴羽的揚李抑杜，在《滄浪詩話》中沒有明確地表示過，本文做出這個結論，是對嚴羽的文學觀念從根本上加以探討之後才提出的。在字面上，每當提到李、杜時，總是左提右挈，似無抑揚之意，但他的藝術趣味卻在潛意識地起着作用，所以討論到其他文學問題，闡述美學標準之時，也就透露出了意向之所在。他的喜好確是偏於李白的創作特點而並不在杜甫這一邊的。

關於李白、杜甫詩歌創作水平的高下，自唐代中期起，就已有人對此進行比較研究了。元稹、白居易繼承的是杜甫詩歌現實主義的創作傳統，因而持揚杜抑李之論，他們不但從思想內容方面着眼而批評李白，而且從形式技巧方面着眼而褒揚杜甫。白居易《與元九書》曰：「杜詩最多，可傳者千餘首；至於貫串今古，覼縷格律，盡工盡善，又過於李。」元稹《唐故工部員外郎杜君墓係銘並序》曰：「時山東人李白，亦以奇文取稱，時人謂之李、杜。予觀其壯浪縱恣，擺去拘束，摹寫物象，及樂府歌詩，誠亦差肩於子美矣。至若鋪陳終始，排比聲韻，大或千言，次猶數百，詞氣豪邁，而風調清深；屬對律切，而脫棄凡近，則李尚不能歷其藩翰，況堂奧乎！」這樣的評價，顯然過於偏激，韓愈《調張籍》詩曰：「李、杜文章在，光焰萬丈長。不知群兒愚，那用故謗傷？蚍蜉撼大樹，可笑不自量。」說者以為此詩就是針對元稹論點而發，雖然找不到甚麼確鑿的證據，但其矛頭所指，如果說是針對與元、白持同一觀點的妄事優劣者，卻是不容置辯的。於此可見當時爭論的尖銳了。

所謂「屬對律切」，就是推崇杜詩在聲律、對仗方面的工致。李白在詩歌的形式技巧上下過很大的功夫，詩中也有不少「屬對律切」的典範之作，但他天才英特，所作運以灝氣，使人讀之不覺其工巧。也正因為他豪放不羈，不屑於停留在形式技巧的琢磨上，他的作品，也就並不以律詩見長。按李白今存詩作，古詩佔十分之八稍弱，近體詩中，五律還有九十首左右，七律只有十首，內中一首還只有六句。《登金陵鳳凰台》《鸚鵡洲》二詩，承崔顥《黃鶴樓》而來，也是介於古風和律詩之間的作品。反觀杜甫，情況大不相同。他寫了一百五十首左右的七律，不但在數量上超過了在此之前同一時代詩人所作的總和，而且在內容和形式上也做出了多方面的開拓。胡震亨《唐音癸籤》卷十曰：「少陵七律與諸家異者有五：篇制多，一也；一題數首不盡，二也；好作拗體，三也；詩料無所不入，四也；好自標榜，即以詩入詩，五也。此皆諸家所無。其他作法之變，更難盡數。」說明杜甫於此確是費盡心力，因而後人都以為杜甫在七律這種體裁上創獲最多。

不過杜甫也曾寫作一些帶有古風特點的七言律詩，如《崔氏東山草堂》等均是，但這情況與李白之作又有不同。杜甫寫作這類作品，並不是不措意於「屬對律切」，而是「脱棄凡近」，要在舊有規律之上更加表現出個人獨到的功夫，這裏毋寧説是具有賣弄他精於此道的意思。二人對七律的態度也就出入很大了。

韓愈大氣磅礴，接近於李白的浪漫主義一派。宋初文人，如歐陽修等，接受韓愈的影響，也推崇李詩，但如王安石等人，已甚推崇杜甫之作。其後江西詩派出，在形式技巧上賦予更多的注意，於是杜甫的成就得到更大的宣揚。黃庭堅舉夔州後詩為效法對象，而這正是杜甫「晚節漸於詩律細」後的純熟之作。其後江西詩派聲勢日大，幾乎主宰宋代詩壇，而杜甫在七律上取得的成就，也就成了毋庸置疑的定論。

嚴羽提倡詩宗盛唐，他在《滄浪詩話．詩辨》中説：「故予不自量度，輒定詩之宗旨，且借禪以為喻，推原漢魏以來，而截然謂當以盛唐為法。」自註：「後捨漢魏而獨言盛唐者，謂古、律之體備也。」這番議論，清楚地表明了他之所以推尊杜甫的理由。因為盛唐詩體大備，而杜甫在各個方面都做出了傑出的貢獻，前人對此早有「集大成」之稱，嚴羽縱論盛唐一代詩歌，且以此為號召，自然不能不尊重事實，於是他在《詩評》中也說：「少陵詩，憲章漢魏，而取材於六朝；至其自得之妙，則前輩所謂集大成者也。」可見這裏是就總體而言，同意前人結論，並不是對杜甫創作的各個方面都予以推崇。從他對詩歌創作上的一些具體看法來說，卻是更為推崇李白的詩歌特點，這與他反對江西詩派的傾向也是一致的。

明清兩代文人一般都推崇盛唐詩歌，受嚴羽《滄浪詩話》的影響很大。但是這裏也經歷着一段曲折的過程。明初高棅編《唐詩品彙》，《明史．文苑傳》上說：「終明之世，館閣以此書為宗。」可見其影響之巨。此書即宗嚴氏之說，以盛唐為唐詩的「正宗」「大家」「名家」「羽翼」。值得注意的是，李白的各體詩歌都被推為「正宗」，而杜甫卻始終不能享有這種尊號。即如七律一體，李白也稱「正宗」，而杜甫則稱「大家」。顯然，「正宗」乃是後人必須效法的宗師，「大家」則僅言其成就之大而已。《唐詩品彙》「七言律詩敍目」曰：「盛唐作者雖不多，而聲調最遠，品格最高。若崔顥，律非雅純，太白首推其『黃鶴』之作，後至『鳳凰』而彷彿焉。……是皆足為萬世程法。」又曰：「少陵七言律法獨異諸家，而篇什亦盛。」高棅的這種見解，倒真是得到了嚴羽論詩的心傳的。

但是情況後來有了變化。學者如果真要以盛唐詩為楷模，把它作為效法的對象，卻又不得不捨李而從杜。因為李白的詩無繩墨可循，很難遵從；杜甫的詩有格律可依，易於學習。於是明代中葉之後，杜甫的律詩也就聲譽日高，詩家奉為不祧之祖，李白的律詩則不再受到重視，《登金陵鳳凰台》詩更是因為不合律詩規格而受到忽視。如趙文哲《媕雅堂詩話》曰：「七律最難。鄙意先不取《黃鶴樓》詩，以其非律也。……太白不善茲體，《鳳凰台》詩亦強顏耳。」即其一例。

《滄浪詩話．詩評》曰：「少陵詩法如孫、吳，太白詩法如李廣。少陵如節制之師。」李廣用兵，神妙莫測，故不可學。「節制之師」，有如程不識之將兵，以其有規矩可識，故可供人效法。嚴羽的這種意見，內部實際上包含着矛盾。他學詩重模擬，《詩法》中甚至說：「試以己詩置之古人詩中，與識者觀之而不能辨，則真古人矣。」但他舉李白為供人效法的對象，則又怎能誘使後人遵從？難怪前後七子之後，逐漸背離其說。胡應麟《詩藪》「外編」卷四曰：「李、杜二家，其才本無優劣，但工部體裁明密，有法可尋；青蓮興會標舉，非學可至。又唐人特長近體，青蓮缺焉，故詩流習杜者眾也。」說明明代中葉之後，隨着創作實踐中的大勢所趨，理論界也轉而推崇杜甫的七律，崔顥《黃鶴樓》詩為唐人七律第一之說，也就隨之被否決了。

年代較早的楊慎，雖然對嚴羽之說已有修正，但對《黃鶴樓》詩的成就還是維護的。《升庵詩話》卷十：「宋嚴滄浪取崔顥《黃鶴樓》詩為唐人七言律第一，近日何仲默、薛君採取沈佺期『盧家少婦鬱金堂』一首為第一，二詩未易優劣。或以問予，予曰：『崔詩賦體多，沈詩比興多。以畫家法論之，沈詩披麻皴，崔詩大斧劈皴也。』」這種調停之論，後人也不能接受，一再遭到批駁。

胡應麟《詩藪》「內編」卷五推尊杜甫《登高》「為古今七律第一，不必為唐人七律第一」。他還具體申述道：「『盧家少婦』體格丰神，良稱獨步，惜頷頗偏枯，結非本色。崔顥《黃鶴》，歌行短章耳。太白生平不喜俳偶，崔詩適與契合，嚴氏因之，世遂附和，又不若近推沈作為得也。」這裏說明明人和宋人的文學見解已經格格不合。

胡應麟做進一步的分析，更能看清這一時代的人品評作品時興趣何在。他說：「《黃鶴樓》、『鬱金堂』皆順流直下，故世共推之。然二作興會適超而體裁未密，丰神故美而結撰非艱。若『風急天高』，則一篇之中句句皆律，一句之中字字皆律，而實一意貫串，一氣呵成。驟讀之，首尾若未嘗有對者，胸腹若無意於對者；細繹之，則錙銖鈞兩，毫髮不差，而建瓴走坂之勢，如百川東注於尾閭之窟。至用句用字，又皆古今人必不敢道，絕不能道者。真曠代之作也。」這裏正是着眼於《登高》一詩組織的工致而立論的。而胡應麟所反覆稱嘆的，已是嚴羽視為低於「氣象混沌」的「徹首尾成對句」者。可見明人的論詩，已與嚴羽的初衷不合。

綜上所言，可以知道：嚴羽與明人雖然都推崇盛唐詩歌，但實質上卻有很大的不同。嚴羽推重的唐詩，是指那些保留着很多漢魏古詩的寫作手法而呈現出渾樸氣象的詩歌；明人推重的近體詩，是指那些寫作技巧全然成熟而表現為精工得當的作品。因此，這兩種學說之間雖似一系相承，然而隨着時代和創作潮流的演變，內涵已有不同。這是探討我國詩歌發展史時應當注意的地方。

到了清代，明人的意見更是進一步得到了加強。大家的看法差不多已趨一致，論詩注重格律，強調的是詩體之正。潘德輿《養一齋詩話》卷八首引嚴羽、何景明、薛蕙之說，又引楊慎兩可之論，然後下判斷說：「愚謂沈詩純是樂府，崔詩特參古調，皆非律詩之正。必取壓卷，惟老杜『風急天高』一篇。氣體渾雄，剪裁老到，此為弁冕無疑耳。……至沈、崔二詩必求其最，則沈詩可以追摹，崔詩萬難嗣響。崔詩之妙，殷璠所謂『神來、氣來、情來』者也。升庵不置優劣，由其好六朝、初唐之意多耳。尤西堂乃謂崔詩佳處止五六一聯，猶恨以『悠悠、歷歷、淒淒』三疊為病。太白不長於律，故賞之；若遭子美，恐遭『小兒』之呵。嘻！亦太妄矣。」然而不管潘氏的語氣何等婉轉，崔顥《黃鶴樓》一詩，以其不合明清人對七律的要求，從頭到尾遭到指摘，已是無可挽回的趨勢。嚴羽以盛唐為法的真意，已被後代那些宗奉者揚棄了。

原載《文學評論》一九八五年第五期

天地博雅文叢

經典常談　朱自清 著

新編《千家詩》　田奕 編

邊城　沈從文 著

孔子的故事　李長之 著

啓功談金石書畫　啓功 著　趙仁珪 編

沈尹默談書法　沈尹默 著

詞學十講　龍榆生 著

詩詞格律概要　王力 著

唐宋詞欣賞　夏承燾 著

古代漢語常識　王力 著

梁思成建築隨筆　梁思成 著　林洙 編

簡易哲學綱要　蔡元培 著

唐宋詞啟蒙　李霽野 著

唐人絕句啟蒙　李霽野 著

唐詩縱橫談　周勛初 著

佛教基本知識　周叔迦 著

佛教常識答問　趙樸初 著

漢化佛教與佛寺　白化文 著

沈從文散文選　沈從文 著

天地

www.cosmosbooks.com.hk

書　　名　唐詩縱橫談

作　　者　周勛初

編輯委員會　梅　子　曾協泰　孫立川
陳儉雯　林苑鶯

責任編輯　甘玉貞

美術編輯　郭志民

出　　版　天地圖書有限公司
香港皇后大道東109-115號
智群商業中心15字樓（總寫字樓）
電話：2528 3671　傳真：2865 2609
香港灣仔莊士敦道30號地庫／1樓（門市部）
電話：2865 0708　傳真：2861 1541

印　　刷　美雅印刷製本有限公司
香港九龍官塘榮業街 6 號海濱工業大廈4字樓A室
電話：2342 0109　傳真：2790 3614

發　　行　香港聯合書刊物流有限公司
香港新界大埔汀麗路36號中華商務印刷大廈3字樓
電話：2150 2100　傳真：2407 3062

出版日期　2019年11月／初版

ISBN ： 978-988-8547-74-6